그림
읽어주는
남자의

명화 한 조각

그림
읽어주는
남자의

명화 한 조각

양진모 지음

더클래식

차례

1장 | 그림과 미술 사이 | 빛과 색채의 미술사들

4장 | 그림과 역사 사이 | 삶과 역사의 기록자들

5장 | 그림과 전설 사이 | 전설이 된 거장들

어느 로맨티시스트와의
달콤한 미술관 데이트

"그림에 대한 해석은 감상자의 몫이니 굳이 그림 속에서 정답을 찾으려 하지 마라."

이것은 나의 소신이지만 갑자기 그림 안에 내포된 상징과 의미가 궁금해지는 순간이 있다. 친구들의 노트에 그림을 그려주던 어린 시절부터 그림을 향한 넘쳐나는 열정 때문에 전시된 그림을 보다가 북받쳐 흐르는 눈물을 주체하지 못했던 요즈음까지도 그 궁금증을 풀지 못할 때가 많았다. 하지만 이 책에는 내가 지금까지 미술 작품에 대해 설명하면서 생각했던 것과 알고 싶었던 것이 모두 들어 있다.

저자는 기존의 명화 전문 서적과는 다른 참신한 방법으로 명화에 접근한다. 그림 속에 표현된 소소한 것 하나도 놓치지 않고 그림을 조각내어 저자 특유의 감성으로 다정다감하게 설명해준다. 또 어떤 특정한 상황이나 평범한 일상을 표현해낸 그림 속에 숨겨진 재미와 의미를 찾아내어 독자들이 즐거움을 느낄 수 있게 해주며 그림을 통해 희망을 준다.

저자의 명화 해설은 명화를 좋아하거나 관심 있는 독자에게는 어린 시절 크리스마스 아침에 받았던 선물만큼이나 감동을 안겨줄 것이다. 한 편의 글에 담겨 있는 화가와 그림에 대한 쉽고도 흥미로운 해설을 다 읽고 나면 어느

새 전문가 못지않은 식견을 가지게 된 것 같은 뿌듯함을 느끼게 될 것이다.

네이버 포스트에서 저자의 글을 처음 접했을 때의 설렘이 지금도 생각난다. 나는 신문과 잡지에 명화 칼럼을 꽤 많이 연재했다. 하지만 네이버 포스트 작가로서는 풋내기였던 시절, 저자는 '명화와 친해지기'로 이미 많은 독자들의 사랑을 받는 인기 작가였다. 그런 그의 글이 책으로 출간된다는 것은 열렬한 독자로서 정말 기쁜 소식이다.

세상에는 우리가 생각한 것보다 훨씬 많은 화가들과 작품들이 있다. 때로는 친숙한 명화를, 때로는 생소한 명화를 쉽고 재미있게 풀어나가는 《그림 읽어주는 남자의 명화 한 조각》은 명화에 관심 있는 사람에게는 좀 더 전문적인 지식을 줄 것이고, 이제 막 명화를 접하는 사람에게는 명화와 사랑에 빠지게 만드는 마법 같은 책이다.

독자들은 이 책을 읽는 내내 위안을 얻게 될 것이다. 그리고 내가 느꼈던 흥분과 함께 잔잔하게 마음속에 머무는 감동까지 느낄 수 있을 것이다.

박정은(미술평론가)

소소한 당신의 일상도
명화처럼 느껴지는 순간을 맞이하기를

반가운 메일이 한 통 도착했다. 네이버 포스트에 함께 명화 포스트를 쓰고 있는 양진모 씨로부터 말이다.

그의 첫 번째 책이 곧 출간된다는 소식에 군에 입대한 첫사랑이 휴가를 나오듯 설레었다. 나 역시 네이버 포스트에 명화 포스트를 쓰고 있고 그것을 종이책으로 펴냈다. 물론 전자책이라는 매체도 좋아하지만 두 가지 중에서 더욱 매력적인 매체를 고르라면 당연히 종이책을 고를 것이다. 인쇄된 종이를 넘겨가며 보는 아날로그적 감성은 실로 특별하다. 그래서 그의 글이 종이책으로 출간되기를 바랐다. 스마트폰으로만 보던 그의 네이버 포스트 '명화와 친해지기'를 종이책으로 볼 수 있다는 기대감이 드디어 현실이 된 것이다.

"해석해볼 테면 해석해봐."

명화는 우리에게 자신감 있게 말한다.

"아무리 봐도 모르겠어."

우리는 말한다.

가까워지고 싶지만 너무나 멀리 있는 명화들은 늘 저런 식으로 튕긴다. 친해지고 싶고 곁에 두고 싶은데 그럴 수가 없다. 그러므로 우리에게는 명화와 친해질 수 있도록 안내해줄 수 있는 멋들어진 안내자가 필요하다. 오랜 시간 미술을 공부했고 명화 강의를 하고 있는 나에게도 저자의 설명은 친절한 신사처럼 다가왔다.

'세상의 모든 큐레이터가 그처럼 나긋나긋하게 설명해준다면 미술관마다 고마움을 표하는 꽃다발이 가득할 텐데'라는 생각을 해본다.

그가 궁금하지 않았다면 거짓말이다. 우연히 그의 포스트를 보고 나는 그가 궁금해졌다.

'흑백 사진 속의 목선이 아름다운 이 남자는 무슨 일을 하는 사람일까?'
'남자가 명화를?'

그를 향한 나의 궁금증은 꼬리에 꼬리를 물고 이어지다가 마침내 '예술을 사랑하는 사람'이라는 혼자만의 결론에 도달했다.

애완견을 키우는 사람을 만나면 늘 하는 말이 있다. 바로 애완견을 좋아하는 사람들 중에 착하지 않은 사람이 없다는 것. 그렇다면 명화 강의와 미술 교육을 업으로 삼고 있는 나는 자신 있게 이렇게 말하겠다.

"명화를 좋아하는 사람 중에 속이 깊지 않은 사람은 없다."

명화를 사랑하고 설명하는 일은 내재된 에너지를 한껏 모아 화가의 인생사와 스토리 속으로 기꺼이 뛰어드는 것이고, 화가의 작품이 내게 어떻게 다가왔는지 감정의 변화를 고스란히 느끼는 일이다. 그렇기 때문에 내게 명화를 사랑하고 설명하는 사람은, 더구나 남자라면 몹시 매력적인 사람이다. 수많은 사람들이 예술에 대해 정의를 내렸지만 내게 가장 와 닿았던 정의를 내린 인물은 셰익스피어다. 그는 리어 왕의 대사를 통해 예술에 대해 이렇게 정의를 내렸다.

"예술은 보잘것없는 것도 귀하게 만들어주는 것이다."

한 장의 그림을 확대하고 또 확대해서 보여주는 저자의 명화 소개 방식은 명화를 돋보기로 들여다보는 것처럼 느끼게 하고, 셰익스피어의 말처럼 평범한 명화도 비범하게 느껴지도록 만드는 힘을 지녔다. 그의 명화 설명을 보고 있자면 내 일상도 돋보기를 통해 들여다보고 싶어진다. 자세히 보아야 예쁘고 오래볼수록 사랑스러운 것은 비단 사랑하는 연인과 꽃잎만이 아니기에…….

자, 그럼 오늘부터 그대들도 저자가 선별한 명화들을 차분한 설명을 곁들여 천천히 바라보기를. 소소한 당신의 일상도 명화처럼 느껴지는 순간을 맞이하기를.

이소영 (미술칼럼니스트 겸 《출근길 명화 한 점》 저자)

그림과 마술 사이

빛과 색채의 마술사들

;

욕망의 황금빛 속에 숨겨진 사랑의 이면
구스타프 클림트 〈키스〉

Gustav Klimt

"모든 예술은 에로틱하다."

Y

키스The Kiss

180×180cm, 캔버스에 유채와 금, 오스트리아 미술관, 1907~1908년

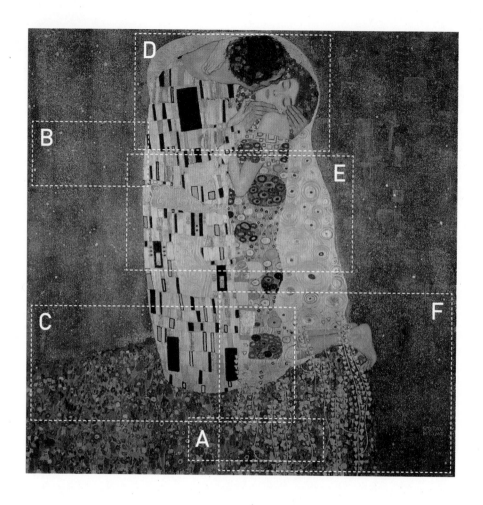

"클림트는 사랑이 달콤하지만
치명적이라고
말하고 있는 것일까?"

A. 클림트의 황금시대

세계에서 가장 인기 있는 화가를 꼽아보자면 구스타프 클림트가 빠지지 않을 것이다. 클림트는 미술 학교를 졸업하고 동생, 친구와 함께 공방을 차려 공공건물에 벽화를 그리면서 명성을 얻었다. 클림트가 화가로 입지를 다지고 있을 당시에는 빈 미술가 협회가 미술계에 큰 영향력을 행사하고 있었다. 빈에서 활동하는 대부분의 화가들은 빈 미술가 협회에 속해 있었으며 클림트 역시 그랬다.

혁신적이고 도전 정신이 넘쳤던 젊은 예술가 클림트는 보수적이고 전통적인 빈 미술가 협회에 반기를 들었고 몇몇 젊은 예술가들과 함께 빈 미술가 협회로부터 분리를 선언했다. 이렇게 결성된 것이 '빈 분리파'였다. 클림트는 빈 분리파의 초대 회장으로 추대되었고 새로운 시도를 하며 명성을 떨쳤다. 하지만 나체와 성을 적나라하게 표현한 그의 작품들은 대중과 멀어졌고 분리파 안에서도 점점 지지를 잃게 되었다. 1905년 클림트는 빈 분리파에서 탈퇴하고 자신만의 독창적인 예술 세계에 몰두했으며 이때부터 그의 '황금시대'가 열렸다. 이 작품 〈키스〉는 클림트의 황금시대에 탄생했다.

B. 황금색의 의미

작품 속에서 뿜어져 나오는 뜨거운 에로틱함과 화려함은 황금색에서 비롯한 것이다. 황금색은 주로 권위와 부, 신성함을 표현한다. 또한 '욕망'을 상징하기도 한다. 황금색에 부정적인 의미만 담겨 있는 것은 아니다. 황금색은 햇살이나 추운 겨울을 이겨내고 봄을 알리는 개나리꽃처럼 긍정적인 의미로 사용되기도 한다. 클림트는 유화 물감과 금박을 사용해 이 작품을 제작했는데 금 세공사였던 부친의 영향이 컸을 것이다.

C. 초현실적 공간

그림 속의 남성과 여성은 형형색색
의 아름다운 풀꽃들이 흩뿌려진 공간에 서 있다. 그들이 서 있는 공간은 어디고 때는
언제인지 짐작할 수 있는 어떠한 단서도 존재하지 않는다. 그저 현실 세계와 동떨어
진 꿈속의 공간처럼 두 연인만을 위한 초현실적 공간이라는 느낌을 준다.

D. 남성성의 강조

화려하게 빛나는 황금색의 긴 겉옷을 걸친 두 연인은 서로에
게 황홀히 취해 있다. 이 남성은 여인의 머리를 잡아 자신 쪽
으로 향하게 한 뒤 볼에 입을 맞추면서 지배적인 남성성을 보
여준다. 또한 남성의 등에서부터 흘러나와 여인을 감싼 나선
형의 금빛 후광과 무릎을 꿇고 있는 여인의 모습도 남성성을
강조한다.

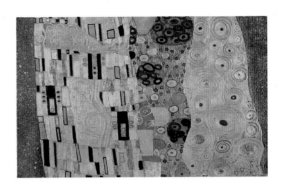

E. 오묘한 조화

클림트는 두 연인의 옷 속에 그려 넣은 도형과 색채를 통해 남성성과 여성성을 구별했다. 남성의 옷에는 무게감 있는 검정색 직사각형을, 여성의 옷에는 화려하고 여성스러운 색채로 이루어진 원과 곡선을 사용했다. 남성과 여성이 서로 너무도 다르지만 그 어떤 그림보다 아름다운 조화를 이루는 것처럼 이 옷에 그려진 무늬들도 서로 상반되는 패턴이지만 오묘한 조화를 이루고 있다.

F. 사랑의 이중성

하지만 그들이 서 있는 곳은 평지가 아니라 자칫하면 떨어질 것 같은 낭떠러지로 보인다. 여인의 발끝은 아슬아슬하게 벼랑 끝에 걸쳐 있다. 사랑의 황홀경 이면에 가려진 위험성을 경고하는 것일까? 사랑이 상처를 주거나 위험을 초래할 수도 있지만 사랑할 때만큼은 그림 속 연인처럼 황금빛 세상에 있는 듯할 것이다. 그것이 바로 사랑의 에로틱한 신비로움에 빠져들 수밖에 없는 이유인지도 모른다.

구스타프 클림트
Gustav Klimt 1862~1918

클림트는 금 세공사 아버지와 오페라 가수 어머니 사이에서 태어났습니다. 어린 시절부터 그림에 재능을 보인 그는 14세에 다니던 학교를 그만두고 빈에 있는 미술 학교에서 그림 공부를 시작했습니다. 클림트는 미술 학교를 졸업한 후 동생 에른스트를 포함한 몇몇 친구들과 함께 공방을 차려 공공건물에 벽화를 그리면서 명성을 얻기 시작했습니다.

당시는 빈 미술가 협회가 큰 영향력을 행사하고 있었기 때문에 빈에서 활동하는 대부분의 화가들은 빈 미술가 협회에 속해 있었으며 클림트 역시 그랬습니다. 혁신적이고 도전정신이 넘쳤던 젊은 예술가 클림트는 보수적이고 전통적인 빈 미술가 협회에 반기를 들었고 몇몇 젊은 예술가들과 함께 빈 미술가 협회로부터 분리를 선언하며 빈 분리파의 초대 회장이 되었습니다. 하지만 빈 분리파에서 점점 지지를 잃은 클림트는 1905년에 빈 분리파를 탈퇴하고 이른바 그의 황금시대를 열었습니다. 클림트의 황금시대에 탄생한 작품들은 현재 전 세계인들에게 가장 사랑받는 작품들이 되었습니다.

〈아델레 블로흐-바우어의 초상〉 1907년

;

아름다운 밤의 풍경을 화폭에 담다
존 앳킨슨 그림쇼 〈리즈, 보어 레인의 불빛〉

John Atkinson Grimshaw

"자신의 인생을 스스로 이끌지 않으면
다른 사람이 이끌게 된다."

리즈, 보어 레인의 불빛 Lane Boar Leeds by Lamplight
91×61cm, 캔버스에 유채, 리즈 뮤지엄 앤드 갤러리, 1881년

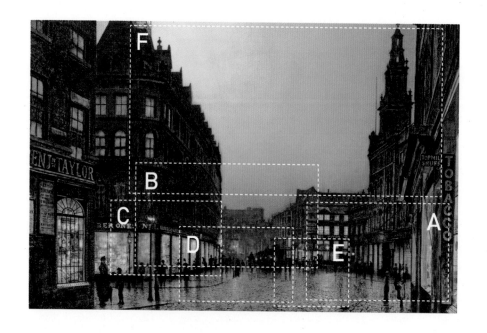

그림쇼의 스튜디오를 찾은
제임스 애벗 맥닐 휘슬러는 이렇게 말했다.
"도시의 밤을 표현하는 건 내가 최고인 줄 알았는데,
그건 착각이었군."

A. 아름다운 밤 풍경

오늘도 어김없이 이곳 리즈
의 보어 레인 거리에 밤이
찾아왔다. 날이 어두워지자
거리는 하나둘씩 켜지기 시
작한 가로등과 상점가의 불
빛들로 물들었다. 화려한 인
공광에 둘러싸여 빛나는 도
시의 야경을 본 적이 있는가? 도시의 화려한 야경은 은은한 달빛과 신비로운 별빛 속
에서 빛나는 시골의 소박한 야경만큼이나 매혹적이다. 야경 명소에 관광객의 발길이
끊이지 않고 야경을 보러 여행을 가는 사람도 많다는 사실을 생각하면, 많은 사람들
이 진작부터 밤 풍경의 아름다움에 매료되어 있었다는 것을 알 수 있다. 그 아름답고
매혹적인 밤 풍경을 그린 화가가 있으니 바로 '존 앳킨슨 그림쇼'다.

B. 그림쇼가 태어난 도시

그림쇼는 바로 이곳 리즈에서
태어났다. 잉글랜드 요크셔 지
방의 공업 도시였던 리즈는 그
림쇼가 활동하기 이전부터 영국의 대표적인 모직물 생산지로 성장하고 있었으며, 그
림쇼가 이 그림을 완성한 1881년에는 더 크게 발전했다. 그렇기 때문에 밤이 되면 화
려한 불빛을 뿜내는 도시의 풍경은 그림쇼에게 그리 낯선 풍경이 아니었을 것이다.

C. 화려한 황금빛의 도시

상점가의 화려한 황금빛은 거리를
거니는 사람들을 유혹한다. 몇몇 사
람들은 발걸음을 멈추고 유리창 건
너에서 빛나고 있는 그것이 무엇인지 들여다보고 있다. 가로등의 불빛을 보니 아직은
전기가 아니라 가스등이다. 하지만 촛불이나 등불이 일상적이었던 19세기 말에 가스
등을 사용했다는 것은 이 도시의 발전 수준을 가늠하게 한다.

D. 마차와 마차철도

당시 가장 일상적으로 볼 수 있었던 이동 수단인 마차도 보인다. 그
리고 그 옆으로 노면전차로 보이는 물체가 그림자에 가려져 있다. 하
지만 이 시기에는 노면전차가 실용화되지 않았기 때문에 아마 버스
의 등장 이전에 시민 수송을 담당했던 마차철도일 것이다. 밤이 점점
깊어지자 승객들은 마음이 조급해진 것 같다. 마부는 고삐를 더 세게
쥐고 오른발을 힘차게 구른다.

E. 비가 내린 거리

거리를 걷는 사람들 중에는
우산을 들고 있는 사람들도
보인다. 거리가 젖어 있는 것
을 보아 방금 전 혹은 지금도
약간의 비가 내리고 있을지 모르겠다. 그림 속의 누군가는 비에 젖은 거리에 짜증을
낼지도 모르지만 감상자는 매혹적인 풍경을 보게 된다. 아름다운 황금빛을 한껏 머금
은 비 내리는 도시의 밤거리를.

F. 별빛을 삼킨 도시의 불빛

그림쇼가 화폭에 담은 야경의 매력에 흠뻑 빠져들었는가? 그림을
감상하면서 이 도시의 밤하늘을 이상하게 여기지 않았다고 해도
상관없다. 보시다시피 이 도시의 밤하늘에서는 단 한 개의 별도 볼
수 없다. 도시의 불빛이 너무 환한 나머지 별이 반짝일 수 있는 최
소한의 어둠조차 사라져버렸기 때문이다. 영롱하게 빛나는 별빛도
물론 좋지만 오늘만큼은 이 그림을 보며 도시의 찬란한 불빛에 빠
져들기 바란다. 존 앳킨슨 그림쇼의 따뜻한 시선도 당신과 함께할
것이다.

존 앳킨슨 그림쇼

John Atkinson Grimshaw 1836~1893

리즈에서 경찰관의 아들로 태어난 존 앳킨슨 그림쇼는 어릴 때부터 그림에 재능을 보였지만 부모의 반대로 정규 미술 교육을 받지 못했습니다. 그림쇼는 리즈에 있는 많은 갤러리에서 여러 화가의 작품을 보며 예술적 안목을 키워나갔고 철도회사에서 근무하면서 혼자 그림을 그렸습니다. 그러던 중 1861년 그의 나이 25세 때 전업 화가의 길을 걷기로 결심하고 철도회사에서 나옵니다.

그다음 해에 그림쇼의 첫 전시가 있었는데 그때 전시된 작품들은 그가 초기에 주로 그렸던 꽃이나 새, 과일을 그린 작품이 대부분이었습니다. 하지만 점차 밤 풍경을 전문적으로 그리게 되었고, 1870년대에 이르자 그림쇼 특유의 시적이고 낭만적인 밤 풍경은 최고의 인기를 누리게 됩니다. 경제적 성공을 거둔 그림쇼는 17세기 영주의 저택을 빌려 바다나 부두의 풍경을 그리기도 했습니다. 하지만 그림쇼는 1880년대에 정확한 이유를 알 수 없는 금전적 위기에 직면했고, 이후 어떤 일이 있었는지 아무도 모릅니다. 아마 순탄치는 못했을 것입니다. 그림쇼는 결국 1893년 10월 13일, 57세의 나이로 암에 걸려 사망합니다. 그의 두 아들 아서와 루이스는 아버지의 뒤를 이어 화가가 되었습니다.

〈템스 강 위에 비치는 반영〉 1880년

;

서구적 주제와 원시 미술이 만나다
폴 고갱 〈이아 오라나 마리아〉

Paul Gauguin

"나는 보기 위해 눈을 감는다."

이아 오라나 마리아 IA ORANA MARIA

114×88cm, 캔버스에 유채, 메트로폴리탄 미술관, 1891년

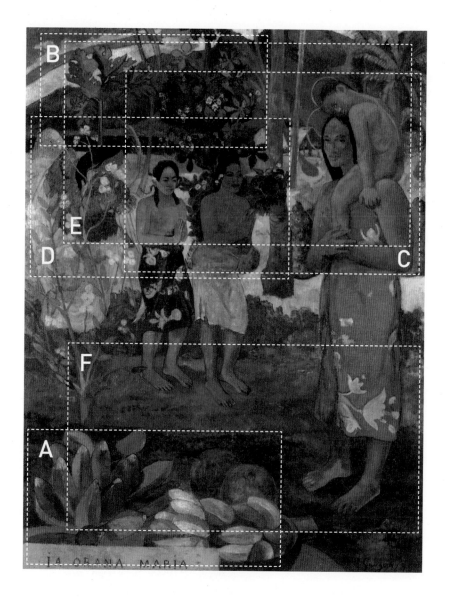

타히티의 원시 자연 속에서 꿈틀거리는
원초적인 힘이 느껴지는가?

A. 이아 오라나 마리아

하단 좌측에 '이아 오라나 마리아'라고 적혀 있는데 이는 타히티 원
주민의 언어로 '당신을 환영합니다. 마리아'라는 뜻이다. 타히티에 온
지 얼마 되지 않은 고갱은 이 말을 가톨릭 선교사에게 배웠을 것이다.
바나나를 비롯한 형형색색의 열대과실들은 이 섬의 풍요로움을 보여
주고 있다.

B. 경이로움과 신비로움

지평선이 높은 하늘은 그마
저도 열대식물들에 가려져
거의 보이지 않는다. 하늘과
산, 열대 지방의 나무들에서 감도는 푸른빛은 고갱이 원시 자연 속에서 처음 느꼈을
경이로움과 신비로움을 표현한다.

C. 마리아와 아기 예수

오른쪽에 붉은 옷을 입고 서 있는 여
인은 마리아를, 목말을 탄 아이는 아
기 예수를 의미한다. 마리아와 아기
예수의 머리를 자세히 보면 서구의 전통적인 종교화에서 흔히 볼 수 있는 후광을 찾
아볼 수 있다.

D. 타히티식 종교 의식

왼쪽에는 마리아와 아기 예수에게 경배하는 타히티 여인 두 명이 보
인다. 그들의 표정에서 경건함이 느껴진다. 화려한 꽃무늬의 폴리네
시아 전통 의상인 파레우를 걸친 타히티 여인들의 왼쪽을 유심히 보
면 꽃나무에 가려져 있는 황금빛 날개의 천사가 눈에 띈다. 천사는
마리아와 예수를 맞이하며 은은한 황금빛을 화면 전체에 뿜어내고
있다. 전체적인 구도와 주제는 전통적인 기독교이지만 등장인물들은
모두 타히티인이다. 마리아와 예수도 타히티인이며 천사의 이미지도
타히티인으로 표현했다. 또한 마리아를 경배하는 여인들의 손은 서
구식 기도 방법이 아닌 타히티식 기도를 하고 있다.

E. 타히티의 화려한 색채

이렇게 서구의 종교적 주제
를 타히티라는 원시 자연 속
에서 재해석하고자 했던 고
갱의 시도는 참신했지만 당
시의 시선은 그리 좋지 않았다. 유럽에서는 성서의 내용을 토속신앙과 결합하는 것을
절대 금했기 때문이다. 고갱의 이 작품은 야만적이고 신성모독적인 그림으로 비춰질
뿐이었다. 등장인물이 모두 타히티인이라는 사실에 비춰볼 때 고갱은 종교적 테마보
다는 타히티의 자연 속에서 꿈틀거리는 화려한 색채에 관심이 있었던 것 같다.

F. 고갱이 추구한 이상

마리아의 치마에 사용한 채도가 높은 선명한 빨간색과 과일에 표현
한 채도가 낮은 탁한 빨간색, 밝고 명도가 높은 노란색에서 어둡고
명도가 낮은 노란색에 이르기까지 이 그림에서는 다양한 색과 명도,
채도를 자유롭게 사용했다. 고갱이 얼마나 색채 사용에 능숙했는지
엿볼 수 있다. 또한 이 그림에서는 고갱이 추구한 이상의 흔적도 찾
아볼 수 있다. 그는 타히티의 자연 속에서 서구 문명이 잃어버린 원
시의 강렬함과 인간의 참된 본성을 찾고자 했고, 열정적인 붓질로 그
림 속에 그러한 이상을 담았다.

폴 고갱

Paul Gauguin 1848~1903

폴 고갱은 파리에서 태어났지만 어린 시절을 페루에서 보냈습니다. 보수 성향의 공화정이 수립된 이후 진보 성향의 언론인이었던 고갱의 아버지는 신변의 위험을 느꼈고 급기야 친척이 있는 페루로 이주했습니다. 하지만 고갱의 아버지는 항해 도중 사망했고 페루에 도착한 가족들도 얼마 지나지 않아 파리로 돌아왔습니다. 1865년 고갱은 상선의 선원이 되어 세계 곳곳을 여행했지만 어머니의 사망 소식을 듣고 파리로 돌아와 증권 거래소에서 근무했습니다.

소일거리로 그림을 그리던 고갱은 살롱전에 작품을 출품하고, 이것을 계기로 피사로, 세잔, 기요맹 같은 인상주의 화가들을 만나면서 전업 화가가 되겠다는 열망을 품게 되었습니다. 그는 자신의 예술적 목표를 이루기 위해 가족을 남겨두고 브르타뉴 지방의 퐁타벤 마을로 거처를 옮겼는데 이 시기에 제작한 표현주의적 작품들은 후에 나비파 화가들에게 큰 영향을 주게 됩니다. 그 후에는 좀 더 원시적인 소재를 찾아 타히티로 여행을 갔지만 향수병에 시달려 파리로 돌아왔고 고흐와 함께 한동안 노란 집에서 지내게 되었습니다. 다시 타히티로 간 고갱은 죽을 때까지 그곳에서 머무르며 강렬한 색채와 원시의 순수함이 조화를 이루는 독특한 화풍을 완성시켰습니다.

〈밤의 카페, 아를〉1888년

;

화려한 무대 뒤편의 발레리나는 어땠을까?
에드가 드가 〈발레 수업〉

Edgar Degas

"그림은 당신이 보는 것이 아니라,
당신이 다른 이로 하여금 보게 하는 것이다."

발레 수업 The Ballet Class

85×75cm, 캔버스에 유채, 오르세 미술관, 1871~1874년

긴장이 풀어지거나 지쳤을 때 나오는
자연스러움이야말로
드가 그림의 큰 매력이다.

A. 발레리나들의 연습

드가의 발레 그림들 중 무대 위에
선 발레리나를 묘사한 그림은 5분
의 1도 되지 않는다. 드가는 무대
에서 공연을 펼치는 발레리나보다
는 주로 휴식을 취하거나 연습 중
인 발레리나의 모습을 화폭에 담았다. 이 작품도 발레리나들이 연습하는 장면을 그리
고 있다.

B. 연습실의 풍경

작품의 배경은 발레 수업이 진행 중
인 연습실이다. 연습실 중앙의 커다
란 문 너머로 보이는 창문은 감상자
의 시선을 바깥 풍경까지 확장시키
고 있어 넓은 공간감을 형성하고 있
다. 드가는 정기적으로 파리의 오페라 하우스를 방문했다. 오페라의 오케스트라에서
연주하는 친구의 소개로 무대 뒤의 분장실, 대기실, 연습실을 드나들 수 있었다.

C. 발레 마스터

그림의 무게 중심이 되고 있는 중앙의
남자도 드가가 발레 연습실에 드나들 수
있게 도와준 사람이다. 커다란 지팡이를
마룻바닥에 짚은 채 완고하고 고집스러
운 표정으로 허공을 응시하는 이 남자는
당시에 명성을 떨치던 발레 마스터 쥘
페로다. 쥘 페로는 잠시 수업을 중지하고 학생들에게 휴식 시간을 주고 있다.

D. 발레리나들의 휴식

드가는 휴식 중인 발레리나들
의 표정, 움직임, 분위기를 포

착했다. 휴식 시간에도 배운 것을 열심히 복습하는 발레리나가 보인다. 그 오른쪽으로
는 옷매무새를 다듬는 발레리나가 보이고 왼쪽으로는 딴생각을 하고 있는지 시선을
아래에 두고 있는 발레리나가 보인다.

E. 발레리나들의 부모들

화면 오른쪽에는 팔짱을 끼고 옆 친구와 잡담을 하는 발
레리나도 있다. 그런데 옆에 앉아 있는 친구의 표정을 보
니 꽤 많이 지쳐 보인다. 발레리나들 사이에는 발레 의상
을 입지 않은 사람들이 보이는데 이들은 발레리나의 부
모들이다. 부모들은 공연을 보러 오는 부유한 남성들에
게 자신의 딸을 소개하거나 아니면 그들의 유혹에서 딸
을 보호하려고 수업을 참관하고는 했다.

F. 두 명의 발레리나

그림 전경에 배치된 두 명의 발레리나가 눈에 들어온다. 한 손을 허리에 올리고 나머지 한 손으로는 큰 부채를 쥐고 있는 발레리나 옆으로 노란 리본을 허리에 두른 발레리나가 보이는데 그녀의 모습은 꽤나 익살스럽다. 등이 가려운지 왼손으로 가려운 곳을 긁어보지만 가려움이 가시지 않아 짜증스러운 표정을 짓는 모습은 드가의 유쾌하면서도 예민한 관찰력을 보여준다.

G. 자연스럽고 매력적인 재현

얼핏 보기에 그림 속 인물들은 무작위로 다양한 동작을 취하고 있는 것처럼 보이지만, 자세히 들여다보면 똑같은 동작을 한 인물이 한 명도 없을 정도로 화가가 세심하게 구상하여 그렸다는 사실을 알 수 있다. 드가는 화려한 무대 뒤편의 고단한 풍경을 미화 없이 있는 그대로 그려냈다. 그리고 사실적인 시선으로 바라본 풍경은 화가의 붓끝을 통해 자연스럽고 매력적으로 되살아났다.

에드가 드가
Edgar Degas 1834~1917

에드가 드가는 파리의 부유한 은행가 집안의 장남으로 태어났습니다. 드가는 어린 시절부터 그림에 재능을 보였고 미술 애호가였던 아버지의 격려를 받으며 화가의 꿈을 키웠습니다. 그는 18세가 되던 해에 루브르 박물관에서 모사증을 받아 라파엘로의 작품을 모사하며 고전적인 기법을 익혔고, 앵그르나 들라크루아와 같은 동시대 화가들의 작품을 연구했습니다.

1862년 드가는 루브르 박물관에서 에두아르 마네를 만나 친분을 쌓았고 이를 통해 다른 혁신적인 젊은 화가들도 알게 되었습니다. 드가가 만난 젊은 화가들은 카페 게르부아에서 미술에 대한 열띤 토론을 벌이곤 하던 르누아르, 모네, 시슬레 같은 초기 인상주의 화가들이었습니다. 그는 이들과 함께 첫 '무명 미술가 협회전'에 참여하며 인상주의의 시작을 알렸습니다. 드가는 인상주의 화가들의 전시회에 참여했지만 오히려 사실주의 화가로 불리기를 원했습니다. 하지만 아이러니하게도 그는 인상주의 미술에 무시하지 못할 영향력을 끼친 화가 중 한 명으로 평가받고 있습니다.

〈스타〉 1876~1877년

;

캔버스를 수놓은 수많은 점과 색채의 조화

조르주 피에르 쇠라
〈그랑드 자트 섬의 일요일 오후〉

Georges Pierre Seurat

"미술은 조화다.
상반된 것과 유사한 것을 유추해 조화를 만들어낸다."

그랑드 자트 섬의 일요일 오후 Sunday Afternoon on the Island of La Grande Jatte
207×308cm, 캔버스에 유채, 시카고 아트 인스티튜트, 1884~1886년

쇠라가 이 그림에 얼마나 큰 정성을 쏟았는지
느껴지지 않는가?

A. 그랑드 자트 섬에 모여들다

눈부신 경제 성장을 이룬 19세기 후반의 파리는 여가 활동이 꽃피던 시기였다. 교통의 발달은 파리 교외 지역을 대규모 별장 지대로 만들었고 주말에는 파리 교외 지역으로 휴가를 떠나는 파리 시민들이 크게 늘어났다. 그랑드 자트 섬은 인기 있는 휴가지로 급부상했는데, 그곳에서 당시 유행하던 옷을 입고 산책과 피크닉을 즐기는 부유층들의 모습은 인상주의 화가들의 단골 소재가 되었다.

B. 평화로운 일요일 오후

화창한 일요일 오후의 그랑드 자트 섬의 풍경은 무척이나 한가롭고 여유로워 보인다. 여름날의 뜨거운 햇볕이 섬 구석구석을 내리쬐고 있지만 곳곳에 들어선 나무들이 지붕처럼 시원한 그늘을 만들고 있다. 사람들은 나무 그늘 아래 앉아 쉬거나 양산을 쓰고 강변을 거닐며 산책을 즐긴다.

C. 아름다운 센 강

악기를 연주하는 사람도 보이고 왼쪽에 흐르는 센 강에서 뱃놀이를 즐기는 사람들도 보인다. 시원한 바람과 더불어 아름다운 경치를 뽐내는 센 강이 한눈에 보이는 이곳은 파리 시민들의 피로와 스트레스를 풀어주는 편안한 휴식처다.

D. 매춘부를 상징하다

조금 이상한 장면이 눈에 들어온다. 오른
쪽에 서 있는 여자가 손에 쥔 가죽끈을 따
라가 보면 원숭이 한 마리가 묶여 있다.
원숭이는 이곳과 전혀 어울리지 않는다.
쇠라는 왜 원숭이를 그려 넣었을까? 프랑
스어로 암컷 원숭이는 '매춘부'라는 의미로 사용되기도 하는데, 상징주의자들은 원숭
이가 '음란함'을 상징했기 때문에 그런 속어가 생겼다고 주장한다.

E. 매춘부를 비판하다

그림 왼쪽에는 잘 차려입은 여성이 낚시
를 하고 있는데 이 또한 일반적이지 않은
풍경이다. 프랑스어의 '낚시하다pêcher'
와 '죄를 짓다pécher'의 발음은 아주 유사하다. 쇠라는 낚싯대와 원숭이를 교묘하게
그려 넣어 이 여성들이 매춘부라는 사실을 은연중에 드러냈다.

F. 빛을 전달하다

쇠라는 과학적인 방법으로 빛의 효과를
전달하고 있는데, 이 작품에서 점묘법
을 사용했다. 점묘법은 붓으로 선을 그
려 표현하는 게 아니라 점을 무수히 많
이 찍어 표현하는 기법이다. 그림 왼쪽
상단의 나무는 이 그림이 무수하게 많은 점들로 이뤄졌다는 것을 실감나게 보여준다.

G. 놀라운 점묘법

그럼 왜 이 기법이 과학적인 방법인지 의문이 들 것이다. 그림 중앙에 서 있는 여성의 양산을 보면서 차근차근 생각해보자. 이 여인의 양산이 무슨 색으로 보이는가? 아마 주황색이라고 대답할 것이다.

H. 쇠라의 끝없는 열정

더 자세히 관찰해보자. 주황색으로 보이는 우산을 자세히 들여다보니 빨간색과 노란색이 번갈아가며 채색되어 있다. 빨간색과 노란색을 섞으면 주황색이 된다. 하지만 쇠라는 이 두 가지 색을 팔레트에서 섞지 않았다. 그럴 경우 채도가 떨어져 탁해 보이기 때문이다. 대신 이 두 가지 색을 캔버스 위에 작은 점의 형태로 찍어나갔다. 그러면 감상자의 망막에서 이 빨간색 점과 노란색 점이 혼합되어 주황색으로 보이는 것이다. 이렇게 시각적으로 혼합된 주황색은 팔레트에서 섞인 주황색보다 더욱 선명한 효과를 만들어낸다.

오늘날 많은 사람들이 쇠라의 작품에 매료되는 이유는 이 그림이 태양의 빛을 과학적으로 전달해서가 아니다. 아마 무수한 원색의 점들이 하나의 부드러운 덩어리로 변하는 모습이 신비롭기 때문일 것이다. 무수한 점을 찍어 그림을 표현하는 것은 정성과 끈기 없이는 불가능하다. 그랑드 자트 섬의 풍경이 담겨 있는 부드러운 화폭을 보며 정성스럽게 붓을 찍어 그림을 그리는 열정적인 쇠라의 모습을 머릿속에 그려본다. 화가가 캔버스 위에 수놓은 수많은 색채들이 보는 이들에게 싱그러운 미소를 전한다.

조르주 피에르 쇠라

Georges Pierre Seurat 1859~1891

조르주 피에르 쇠라는 파리의 중산층 가정에서 태어났습니다. 쇠라에게 처음으로 그림 그리는 법을 가르쳐준 사람은 그의 삼촌이었습니다. 쇠라의 재능을 발견한 가족은 그를 인근의 미술 학교에 입학시켰습니다. 쇠라는 1878년부터 국립 미술 학교인 에콜 데 보자르에서 공부했지만 철저하고 아카데믹한 그곳의 교육 방식에 염증을 느끼고 미술관을 드나들며 스스로 그림에 대해 연구했습니다.

쇠라는 당시 접했던 인상파 화가들의 전시에서 깊은 감명을 받고 빛에 대해 관심을 가지기 시작했습니다. 그림 속에 숨겨진 과학 현상을 탐구하는 데 관심이 많았던 그는 1880년대 중반에 분할주의, 점묘 기법을 실험했고 그와 뜻을 같이한 든든한 조력자 폴 시냐크를 만나게 되었습니다. 하지만 안타깝게도 쇠라는 1891년 3월 독감 증세를 보이다 이른 죽음을 맞이했습니다.

〈아스니에르에서 물놀이하는 사람들〉 1884년

;

상처 많은 화가의 안식처
앙리 드 툴루즈 로트레크 〈물랭루주에서〉
Henri de Toulouse Lautrec

"나는 있는 그대로를 그린다.
아무 말 없이 그저 기록할 뿐이다."

물랭루주에서 At the Moulin Rouge

123×141cm, 캔버스에 유채, 시카고 아트 인스티튜트, 1892~1895년

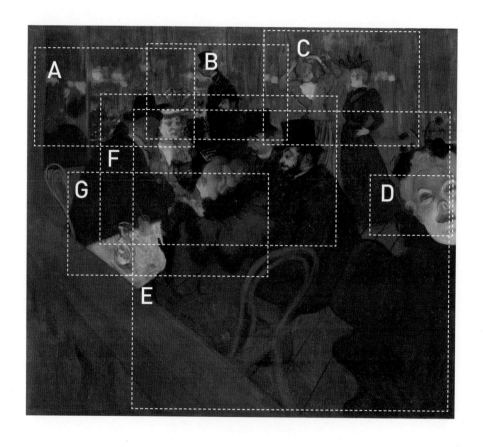

물랭루주는 사람의 본성이
가장 잘 드러나는 곳이었기에
로트레크는 아무 문제없이 눈에 보이는
그대로의 모습을 담을 수 있었을 것이다.

A. 물랭루주

1884년 로트레크는 파리의 몽마르트로 이주했다. 이 작품의 배경이 된 물랭루주는 몽마르트에 있던 유명 댄스홀로 물랭 드 라 갈레트보다 규모가 더 컸다. 물랭루즈는 화려하게 꾸며진 무대에서 독특하고 자극적인 춤을 선보이며 몽마르트의 예술가와 귀족, 작가, 반사회적 인사 등의 발걸음을 유혹했다.

B. 로트레크의 모습

로트레크는 지정석을 두고 매일같이 드나들 정도로 물랭루주를 사랑했고 이곳에서 보이는 모든 것을 그렸다. 그림의 원경에서 중절모와 안경을 쓴 로트레크의 모습을 찾아볼 수 있다. 로트레크는 자신과 현격하게 비교되는 호리호리한 체격을 가진 사촌 타피에 드 셀레랑과 함께 걷고 있다.

C. 댄서 라 굴뤼

로트레크의 오른쪽으로 두 여인이 거울 앞에 서 있는데 그중 붉은색 머리를 매만지고 있는 여인이 라 굴뤼다. 라 굴뤼는 물랭루주의 대표적인 스타 댄서 중 한 명으로 로트레크의 그림 속에 자주 등장한다.

D. 초현실적 공간

화면 전경 오른쪽에서 감상자를 응시
하는 여인은 영국인 가수 메이 밀턴이
다. 푸른색과 하얀색의 조명이 반사된
그녀의 얼굴은 창백하다 못해 섬뜩해 보이기까지 해 물랭루주의 퇴폐적인 분위기를
효과적으로 전달하고 있다. 그녀의 모습이 얼마나 섬뜩했는지 한 화상은 사람들이 충
격을 받아 그림을 사지 않을 거라고 생각하여 그림의 오른쪽 부분을 잘라내기도 했
지만 잘렸던 부분은 1914년에 다시 복원되었다.

E. 일본 판화의 영향

메이의 시선이 위를 올려다보고 있는 것 같지 않은가? 이 그
림은 사실 위에서 아래를 내려다보는 듯한 시점으로 그려져
있다. 또한 그녀는 화면 가장자리에서 잘려 있는데 이러한 요
소는 일본 판화에서 차용한 것으로, 로트레크 또한 당시 유럽
에서 유행하던 일본 판화에 영향을 받았다는 사실을 알 수 있
다. 왼쪽의 기울어진 난간과 함께 V자 형태를 이루고 있던 메
이는 감상자의 시선을 중앙의 테이블로 이끄는 역할을 한다.

F. 유명 인사들

중앙의 테이블에는 예술비평가이자 작가 에두아르 뒤자르댕, 무용수 라 마카로나, 사진작가 폴 세스코, 와인업자 모리스 기베르 그리고 잔 아브릴이 둘러앉아 있다. 로트레크는 이들처럼 알 만한 사람은 다 아는 스타급 인사들뿐만 아니라 가난한 예술가, 막간극 배우, 서커스 단원, 마부, 매춘부 등 사회에서 멸시받거나 소외당하는 계층들과 어울리며 그들을 스케치했다.

G. 사랑의 이중성

압생트 병이 나뒹굴고 담배 연기로 자욱한 그곳, 화려함과 방종이 동시에 공존하는 물랭루주에서 로트레크의 우스꽝스러운 외모는 아무 문제가 되지 않았다. 오히려 물랭루주는 로트레크의 예술적 재능을 인정했고 물랭루주의 포스터를 맡기기도 했다. 로트레크는 사회적 지위나 신분을 막론하고 그가 봤던 모든 사람들을 냉철하고 현실적으로 그려냈다. 그의 그림 속에서는 동정심도 사회적 비판의 의미도 찾아볼 수 없다. 캔버스 위에는 그저 대상의 특징을 정확하게 파악하여 빠른 필치로 기록한 로트레크의 일기가 쓰여 있을 뿐이다.

앙리 드 툴루즈 로트레크
Henri de Toulouse Lautrec 1864~1901

12세기 때부터 이어져온 고귀한 귀족의 혈통과 막대한 영지, 부와 명예. 툴루즈 로트레크는 태어날 때부터 이 모든 것을 가지고 태어 났습니다. 하지만 그에게 허락되지 않았던 한 가지가 있었으니 그 것은 바로 평범한 외모였습니다. 귀족의 혈통을 지키기 위해 빈번 하게 행해진 가계의 근친결혼은 로트레크에게 희귀성 뼈 질환을 물려주었고, 14세 때 넘어져서 허벅지 뼈가 부러진 이후로는 하반 신의 성장이 멈춰 '난쟁이'라는 놀림을 받으며 152cm의 작은 키로 뒤뚱거리며 걸어야 했습니다.

로트레크는 이런 장애로 다른 가족처럼 승마나 사냥 등 정상적인 귀족 생활을 즐길 수 없었습니다. 그래서 교양과 심리 치료의 일환 으로 그림을 배우기 시작했고 얼마 후 그림은 그의 삶의 전부가 되 었습니다. 로트레크는 몽마르트에 아틀리에를 차리고 물랭루주를 비롯한 여러 댄스홀을 드나들며 그림을 그렸습니다. 특이한 외모로 얼마 안 가 몽마르트의 유명 인사가 되었고 물랭루주의 광고 포스 터를 그리기도 했습니다. 로트레크는 이른 나이에 대중적인 인기를 얻었지만 방탕한 생활 때문에 알코올 중독과 매독에 걸려 37세가 채 못 되어 생을 마감했습니다.

〈물랭루주에서의 춤〉 1890년

;

세 가지 색으로 표현한 인간의 원초적 본능
앙리 마티스 〈춤〉

Henri Matisse

"색채는 자연을 모방하기 위해 주어진 것이 아니라
우리의 감정을 표현하기 위해 주어진 것이다."

춤 Dance
260×391cm, 캔버스에 유채, 에르미타주 미술관, 1910년

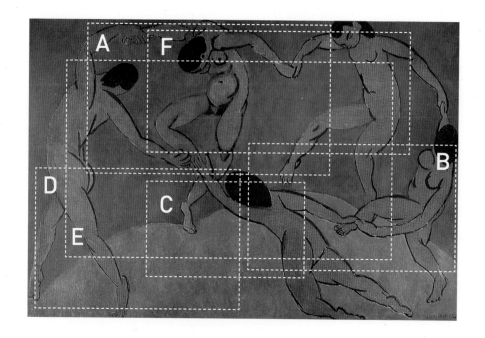

이 그림을 스트라빈스키의 음악 〈봄의 제전〉과
함께 감상한다면 더할 나위 없을 것이다.

A. 야수파

마티스가 이끄는 '야수파'는 본래 긍정적인 의미는 아니었다. 마티스와 몇몇 화가들의 거칠고 강렬한 원시주의적 작품들을 보고 충격을 받은 비평가들이 조롱을 섞어 그 작품들을 '야수들'이라고 부르면서 그 화가들은 '야수파'라는 별명을 얻게 되었다. 하지만 야수파 화가들의 명성이 높아지고 작품성을 인정받자, 야수파는 조롱의 의미가 아니라 하나의 미술 사조를 지칭하는 용어가 되었다.

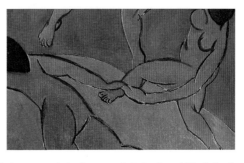

B. 춤 I, 춤 II

이 작품을 제작할 무렵 마티스는 국제적인 명성을 얻게 되었다. 마티스의 가장 중요한 후원자였던 세르게이 시츄킨은 자신의 대저택을 장식할 두 점의 작품을 의뢰했다. 그 두 점의 작품 중 하나가 바로 〈춤〉이다. 마티스는 4미터에 가까운 이 그림을 제작하는 데 신중을 기했던 것 같다. 작품 구상을 위해 연습 삼아 그림 한 점을 먼저 완성했는데, 창백한 색채와 단순한 세부 묘사로 차이점이 드러나는 첫 번째 작품은 〈춤 I〉으로 알려져 있다. 후에 완성된 이 작품은 〈춤 II〉로도 불린다.

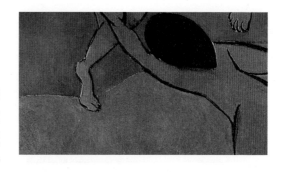

C. 세 가지 색

마티스는 단순한 구성을 위해 세 가지 색만을 사용하여 작품을 채색하기로 마음먹었다. 그 세 가지 색이란 하늘을 칠할 푸른색, 대지를 칠할 초록색, 인물을 칠할 붉은색으로 야수파 화가들이 즐겨 사용하던 기본적인 원색이다. 마티스는 이 그림에 야수파 화가들이 즐겨 사용하던 노란색은 사용하지 않았는데, 마티스의 선택은 탁월했다. 분명 노란색은 이 강렬한 원색 덩어리들 사이에서 제자리를 찾지 못한 채 감상자의 몰입을 방해했을 것이다.

D. 단순한 구성

마티스가 의도한 것처럼 이 작품은 매우 단순한 구성을 취하고 있다. 푸른색 하늘과 초록색 대지는 구름 한 점 없고 나무 한 그루 보이지 않는 공허, 그 자체를 보여주고 있으며 원근법과 명암도 사라져버렸다. 이 공허한 공간 속에는 긴밀하게 원을 이루며 춤을 추고 있는 다섯 인물만 존재할 뿐 어떤 의미도 찾을 수 없을 것 같다.

E. 자유로운 리듬감

감상자의 시선을 사로잡는 것은 어떠한 의미나 뛰어난 묘사가 아닌 강렬한 색채다. 붉은색이 주는 원초적인 힘은 춤에 강렬함을 더하고 있다. 춤이 어찌나 강렬한지 한 여인은 손을 놓치고 말았다. 그렇지만 이들은 전체적으로 통일감을 잃지 않고 있으며 한 치의 망설임도 없이 계속 춤을 추고 있어 지속성이 느껴진다. 작품의 활기차고 자유로운 리듬감은 야수파의 특징을 잘 보여준다.

F. 원초적 본능

마티스는 '춤'이라는 인간의 본능적이고 원초적인 행위의 아름다움을 강렬한 원색으로 대담하게 표현했다. 그 누구도 그들의 춤을 방해할 수 없어 보인다. 아니, 그들은 애초부터 감상자에게 눈길 하나 주지 않고 그들의 의식에 자신의 몸을 맡긴 지 오래다. 이들이 왜 춤을 추는지 궁금증을 자극하기도 하지만 그러한 의문조차도 어느새 붉은색의 물결에 빨려 들어간다.

앙리 마티스
Henri Matisse 1869~1954

앙리 마티스는 프랑스 북부의 시골 마을에서 양곡상으로 성공한 에밀 히폴리테 마티스와 안나 엘로이즈 제라르 사이에서 장남으로 태어났습니다. 어린 시절에 마티스는 그림에 전혀 관심이 없었습니다. 행정관이 되기 위해 1887년부터 파리로 나가 법을 공부하던 마티스는 1889년에 맹장염 수술을 받은 뒤, 긴 회복 기간 동안 지루함을 달래려고 어머니가 사온 그림 도구로 그림을 그리기 시작했습니다. 그것을 계기로 마티스는 예술이라는 새로운 세계에 눈을 떴고 화가가 되기로 결심합니다.

마티스는 바로 법률 공부를 중단하고 파리에서 그림 공부를 시작했습니다. 인상주의 화가들에게 강한 인상을 받아 다양한 회화 양식과 빛의 효과를 실험했고, 1900년대부터 앙드레 드랭과 함께 야수파 운동을 주도하면서 예술적 혁명의 가장 중요한 인물로 활약합니다. 말년에 마티스는 십이지장암 수술을 받은 후 이젤 앞에 서 있기도 힘든 상태가 됩니다. 그래서 침대나 안락의자에 누워 종이를 잘라 캔버스 위에 배치시키는 식으로 작품을 제작하면서, 죽기 전까지 끓어오르는 창작 욕구를 채워나갔습니다.

〈후식 : 붉은색의 조화〉 1908년

;

불꽃놀이에 녹아든 화가의 인상과 감정
제임스 애벗 맥닐 휘슬러
⟨검정색과 금색의 녹턴 : 떨어지는 불꽃⟩
James Abbott McNeill Whistler

"예술은 모든 부질없는 것들로부터 독립적이어야 한다."

검정색과 금색의 녹턴 : 떨어지는 불꽃 Nocturne in Black and Gold : The Falling Rocket
47×60cm, 캔버스에 유채, 디트로이트 미술관, 1874년

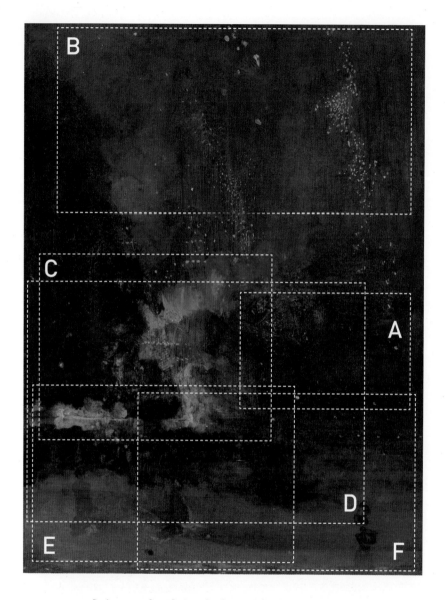

그림을 보며 휘슬러가 보았던 불꽃놀이가
어땠을지 상상해보라. 아마 그림 속 불꽃놀이처럼
낭만적이었을 것이다.

A. 야상곡

이 작품은 녹턴, 즉 야상곡이라는 제목이 붙어 있다. 야상곡은 조용하고 낭만적인 밤의 기분을 표현하는 음악이다. 휘슬러는 1870년대부터 밤의 풍경을 주제로 하여 녹턴 연작을 그리기 시작했다. 그가 녹턴 연작을 그리면서 추구한 것은 밤 시간에만 느낄 수 있는 특유의 공허감이었다.

B. 불꽃이 떨어지는 순간

녹턴 연작 중 하나인 이 작품은 크레몬가든을 기반으로 제작되었다. 첼시의 크레몬가든에서는 흥겨운 음악과 함께 각종 연회가 열렸는데 다양한 놀거리와 먹을거리가 있어 런던의 밤을 화려하고 즐겁게 만들었다. 휘슬러는 크레몬가든에서 보았던 불꽃놀이에 깊은 인상을 받아 낭만적인 황금빛의 불꽃이 밤하늘을 수놓으며 떨어지는 순간을 화폭에 담았다.

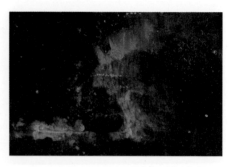

C. 자유롭고 추상적인 표현

하지만 '떨어지는 불꽃'이라는 부제를 보지 않고 감상하면 그려진 대상이 무엇인지 알아보기 힘들 정도로 추상적이다. 휘슬러는 크레몬가든에서 본 불꽃놀이를 단순히 사실적으로 묘사하는 것을 넘어 불꽃놀이를 보고 받은 인상을 자유롭게 표현했다.

D. 조화로운 구성

푸른색, 초록색, 노란색을 주로 사용한 짙고 어두운 색조는 화면에 깊이를 더한다. 제한된 색채를 사용했지만 조화로운 구성을 이루고 있다. 템스 강의 어두운 수평선 너머로 황금빛을 발하고 있는 건물들과 굽이치는 연기는 물과 하늘 사이의 경계를 뚜렷하게 구분한다. 밤하늘을 가르며 떨어지는 황금빛의 불꽃들은 그림 속에 활기를 불어넣는다. 속이 들여다보일 정도로 투명한 형태의 구경꾼들은 극도로 단순화되어 있다.

E. 존 러스킨의 혹평

이러한 작품의 단순하고 추상적인 성격 때문에 1877년에 그로스브너 갤러리에 처음 전시되었을 때 미완성인 작품을 전시했다고 혹평을 받기도 했다. 미술비평가 존 러스킨은 영국

의 노동자들에게 보내는 편지를 모아 엮은 자신의 책《포스 클라비게라》에서 이 작품을 '대중의 얼굴에 물감통을 끼얹은 것'이라고 비판했다. 존 러스킨은 빅토리아 여왕 시대에 영향력 있던 미술비평가로, 그의 비평은 거의 우상 수준이었기에 이러한 비판은 휘슬러에게 엄청난 타격을 주었다.

F. 열정과 자유로움을 담아낸 작품

휘슬러의 그림을 가지고 있던 사람들은 그에게 언성을 높였고 점차 많은 사람들이 휘슬러의 그림을 가지고 있는 것을 부끄러워했다. 결국 휘슬러의 평판은 나빠질 대로 나빠졌고 재정 위기에 빠진 휘슬러는 명예훼손으로 러스킨을 고소했다. 누구 하나 물러서지 않는 치열한 법정 공방 끝에 법원은 휘슬러의 손을 들어주었지만 그 승리는 명목상의 승리였을 뿐이었다. 몇 푼 되지 않는 배상금은 오히려 모욕감을 주었고 어마어마한 소송 비용 때문에 휘슬러는 결국 파산하고 말았다.

하지만 이 작품은 이후 추상 미술 발전에 크게 기여했고 추상 미술 역사에서 중요한 작품이 되었다. 비록 당시에는 미완성 같다는 혹평을 받았지만, 휘슬러는 신념을 굽히지 않고 자신의 주관적인 인상과 감정들을 그림 속에 담아냈다. 어둡고 어두운 화면 속에서 빛을 내는 불꽃같은 화가의 열정과 자유로움을 닮은 붓질은 감상자의 마음을 숙연하게 한다.

제임스 애벗 맥닐 휘슬러
James Abbott McNeill Whistler 1834~1903

미국 매사추세츠 로웰에서 태어난 제임스 애벗 맥닐 휘슬러는 엔지니어였던 아버지를 따라 러시아에서 어린 시절을 보냈습니다. 재미있게도 그는 자신이 원하는 때에 원하는 장소에서 태어났다면 아마 로웰이 아니라 러시아의 상트페테르부르크가 자신의 출생지가 되었을 거라고 주장하기도 했습니다. 휘슬러는 어린 시절에 화를 자주 내고 무례하기까지 하여 부모의 걱정을 샀습니다. 그의 부모는 그림을 그리는 것이 마음을 차분하게 하고 집중력을 이끌어 낸다는 얘기를 듣고 휘슬러에게 미술 공부를 시켰으며 11세에는 미술 학교에 보냈습니다.

학교를 졸업한 후 파리에서 활동을 시작한 휘슬러는 귀스타브 쿠르베를 만나면서 사실주의의 영향을 받았습니다. 그 후로는 영국과 프랑스를 중심으로 활동하며 '예술은 단지 예술만을 위한 것이며 그 자체로 존재해야 한다'는 자신의 신념을 알리는 데 전념을 다했습니다. 말년의 휘슬러는 러스킨과 벌인 법정 싸움으로 큰 타격을 입은 채 여생을 보내다가 1903년 7월 17일 런던에서 눈을 감습니다.

〈회색과 검정색 편곡 제1번 : 화가의 어머니〉 1871년

;

비 오는 거리는 아름답다
귀스타브 카유보트
〈비 오는 날, 파리의 거리〉

Gustave Caillebotte

"근대적 소재들 앞에 굴복하지 않은 이 젊은 화가는
남다른 용기를 가지고 있다."

비 오는 날, 파리의 거리 Paris Street, Rainy Day
212×276cm, 캔버스에 유채, 시카고 아트 인스티튜트, 1877년

사진은 빛 하나에만 의존하는 그림이지만
카유보트의 그림은 빛과 사진 모두를 담았다.

A. 파리의 세련된 건축물

우중충하다 못해 누런빛을 띤 하늘은 작품 전경에 울적하고 차분한 분위기를 드리우며 조그마한 물방울들을 떨어뜨리고 있다. 울적한 풍경 속에서도 뚜렷하게 돋보이는 더블린 광장의 세련된 건축물들은 파리의 시장 오스망 남작의 도시 개발로 탄생한 결과물이다.

B. 비 오는 파리의 거리

갑자기 떨어지는 빗방울에 파리의 시민들은 발걸음을 재촉한다. 빗물에 흠뻑 젖어 굴러가는 마차의 바퀴도 갈 길이 바쁘다. 비가 자주 내리는 파리 날씨에 익숙한 시민들은 미리 준비한 우산을 쓰고 집으로 돌아가지만 우산을 미처 챙기지 못한 사람도 보인다.

C. 파리 시민들의 일상

빗방울은 멈추지 않을 것 같지만 파리 시민들의 일상은 계속된다. 우산 위로 떨어지는 빗방울 소리가 조금 성가실지는 몰라도 함께 걷고 있는 친구와의 대화를 멈추게 하지는 못한다. 빗방울 떨어지는 소리 사이로 즐거운 대화가 오간다. 우산을 성가시게 두드리는 빗방울 소리를 배경 음악 삼아 젖은 거리를 바라보며 사색에 잠긴 사람도 보인다.

D. 생동감 있는 거리

비에 흠뻑 젖은 거리가 생동감
있게 표현되었다. 첨벙첨벙 소
리를 내며 고여 있는 빗물을 두드리는 신발 소리도 여기저기에서 들려올 것 같다. 축
촉하게 빗물이 스며든 보도블록 위로 비치는 윤곽이 불분명한 그림자는 빛을 이용한
인상파 화가들의 표현 양식이었다.

E. 그림에 사진의 기법을 적용하다

저 멀리 우산을 쓰고 걸어가는 두 명의 여인은 조금 흐릿해
보인다. 비가 오는 흐린 날씨 때문이라고 생각할 수도 있지만
사실 이 그림에는 조금 색다른 요소가 숨어 있다. 그 당시 등
장한 사진술에 관심이 많았던 카유보트는 이 작품 속에 사진
기법을 적용했다. 카메라의 기능 중 '아웃 포커스'라는 기능
을 들어본 적이 있을 것이다. 포커스, 즉 강조되는 피사체 이
외의 배경을 흐리게 처리하는 것을 '아웃 포커스'라고 한다.

F. 우연성과 사실성

전경의 인물들은 초점이 맞춰져 있어 선명하게 보이는 반면 뒤의 배경과 인물들은 조금 흐리게 처리된 모습이 보이는가? 또한 절반이 잘린 오른쪽의 인물과 우산에 잘린 배경의 인물은 사진의 '우연성'과 '순간적인 사실성'을 강조한다.

G. 비 오는 풍경의 아름다움

카메라의 줌인 기능을 사용한 듯한 사실적인 원근감이 돋보이는 거리의 모습은 마치 한 장의 사진을 보는 것과 같은 착각을 불러일으킨다. 비 오는 날의 파리를 생생하게 담아낸 이 작품을 보고 있으면 감상적인 느낌에 빠져든다. 비가 내리는 날, 빗소리를 조용히 듣고 있다 보면 잊고 있던 기억들이 문득 생각나기도 하고 그 기억들을 빗소리에 쓸어 보내기도 한다. 비 오는 날은 화창하고 맑은 날씨만큼 아름답지 않다고 생각하는가? 카유보트의 작품을 보면서 느껴보라. 비 오는 풍경도 이렇게 아름다울 수 있다는 것을.

귀스타브 카유보트

Gustave Caillebotte 1848~1894

귀스타브 카유보트는 파리의 부유한 상류층 가정에서 태어났습니다. 10대 시절에 그는 여름이면 가족과 함께 예르 강 주변의 별장에서 휴가를 즐기곤 했는데 이때부터 그림에 관심을 가진 것으로 보입니다. 카유보트는 법학을 공부했지만 프러시아 전쟁 이후 레옹 보나의 아틀리에에서 그림을 공부했습니다.

1874년 카유보트는 아버지의 사망으로 막대한 유산을 상속받고 경제적 어려움 없이 그림에만 전념하게 됩니다. 그는 아카데미의 영향 아래서 사실주의 화풍을 익혔지만 인상주의 화가들과 어울리면서 그들에게 많은 영향을 받았습니다. 제2회 인상파 전시 때부터 작품을 출품하기 시작한 카유보트는 인상파 전시에 참여할 뿐만 아니라 전시를 기획하고 재정적인 지원도 했습니다. 또한 가난한 동료 화가들의 작품을 구입하여 경제적으로 도움을 주었으며, 45세의 젊은 나이로 죽을 때는 자신이 소장한 인상주의 회화 컬렉션을 루브르 박물관에 기증했습니다. 그 덕에 인상주의는 후세에도 널리 알려졌고 카유보트는 인상주의의 든든한 조력자로 지금까지도 기억되고 있습니다.

〈유럽의 다리〉 1876년

에곤 실레와 그의 두 여인

고개를 숙인 자화상
33×42cm, 목판에 유채, 레오폴드 미술관, 1912년

오스트리아의 화가 에곤 실레는 세상의 보편적인 시각과 평가에 아랑곳하지 않고 죽음과 에로티시즘을 솔직하고 대담하게 표현했다. 28년에 불과한 짧은 작품 활동에도 오늘날 많은 사람들은 그의 강렬하고 매혹적인 화풍에 찬사를 보내고 있다. 에곤 실레의 격정적인 인생 이야기에는 두 명의 여인이 등장한다. 그럼 지금부터 두 여인의 이야기와 함께 실레의 작품들을 감상해보자.

일찍이 미술적 재능을 인정받은 실레는 빈 미술 아카데미에서 미술 공부를 시작했지만 보수적인 미술 교육은 그의 성격과 맞지 않았고 결국 자퇴를 했다. 그는 자유롭고 진보적인 미술을 추구한 빈 분리파의 클림트를 찾아갔고 클림트는 이 재능 있는 젊은 화가를 환영했으며 지원과 도움을 아끼지 않았다.

클림트는 자신의 모델이었던 발리 노이질을 실레에게 소개해주었다. 당시 발리는 겨우 17세였지만 실레의 예술에 영감을 주는 적극적인 지원자 역할을 했다. 동거를 시작한 둘은 자신들이 살고 있던 비엔나가 답답하다고 느꼈는지 얼마 후 보헤미아 남부의 작은 마을로 거처를 옮겼다. 하지만 실레는 마을의 어린 소녀들을 누드모델로 삼아 마을 사람들의 분노를 샀고 거의 쫓겨나듯 서쪽으로 35킬로미터 떨어진 다른 마을로 갔다.

실레는 그곳에서도 계속 성을 적나라하게 묘사하는 파격적인 그림들을 그려나갔고 결국 어린 소녀를 유혹했다는 혐의와 선정적인 그림들을 어린아이들에게 노출했다는 죄목으로 3주 동안 옥살이를 했다. 그때 발리 노이질은 감방 뒤에서 편지와 함께 그림 도구를 던져주었고 실레가 감옥에 있는 동안 일처리를 도맡아하는 등 헌신적인 모습을 보였다. 발리 노이질은 실레에게 모델 이상의 존재였다.

그런데 1912년에 그린 발리의 초상화를
보면 우울함과 슬픔이 짙게 드리워져 있
다. 아마 실레는 발리와 자신의 관계가
오래 가지 못할 거라는 사실을 예감한 듯
하다. 그 예감은 적중했고 실레는 발리가
보여준 헌신적인 사랑을 외면한 채 다른
여인에게 눈을 돌린다.

발리의 초상
32×39cm, 패널에 유채, 레오폴드 미술관,1912년

무릎을 구부리고 앉아 있는 여인
46×30cm, 종이에 크레용·구아슈·수채,
프라하 국립 미술관, 1917년

1914년 실레는 이웃에 살던 중산층 여
인 에디트 하름스에게 마음이 끌린다.
현실을 타파하고자 저항했던 예술가도
결혼 앞에서는 현실적이었던 것일까? 실
레는 발리와 동거 중이었는데도 에디트
에게 결혼을 약속했고 1915년 6월 17일
결혼식을 올린다. 실레는 에디트와 결혼
한 후에도 발리와 관계를 지속하기 위
해 1년에 한 번이나 한 달에 한 번쯤 자
신과 에디트, 발리 세 사람이 함께 여행
을 가면 어떻겠느냐고 제안하지만 두 여인 모두 이 제안을 받아들일
수 없었다.

발리는 그 말을 들은 즉시 실레 곁을 떠나 새로운 인생을 살기로 결심했고 실레는 더는 그녀의 모습을 볼 수 없었다. 그 후 실레는 비교적 평탄한 생활을 했다. 1차 세계대전이 일어나 군에 징집됐지만 그의 예술적 재능을 존경한 한 장교 덕분에 전선에 배치되지 않고 편히 그림을 그릴 수 있었으며, 훗날 열린 전시회에서도 큰 성공을 거두었다. 하지만 1918년 유럽을 강타해 2,000만 명의 목숨을 앗아간 스페인독감의 위협은 실레 가족에게도 예외 없이 다가왔다. 임신 중이었던 에디트는 병에 걸려 시름시름 앓다가 세상을 떠났고 사흘 동안 에디트의 초상화를 그리던 실레도 그녀의 뒤를 따랐다.

거칠고 무거운 질감과 격렬한 감정 표현이 돋보였던 실레의 화풍은 두 여인을 만나면서 점점 더 부드럽고 온화해졌다. 공허한 배경은 전과는 다른 안정감이 느껴졌고 거친 질감은 한층 부드럽고 세련된 느낌으로 바뀌었다. 실레의 작품에서 평온한 분위기를 느낄 수 있는 것은 이 두 여인들 덕분이 아닐까?

줄무늬 드레스를 입은 에디트 실레의 초상
110×180cm, 캔버스에 유채, 헤이그 시립 현대 미술관, 1915년

그림과 사진 사이

자연의 관찰자들

;

화가를 닮은 소박한 시골 풍경

마인데르트 호베마
〈미델하르니스의 가로수길〉

Meindert Hobbema

"거장은 자연에 시선을 고정한 채
자연에서 표현 방식을 훔쳐온다."

Y

미델하르니스의 가로수길 The Avenue at Middelharnis

103×141cm, 캔버스에 유채, 내셔널 갤러리, 1689년

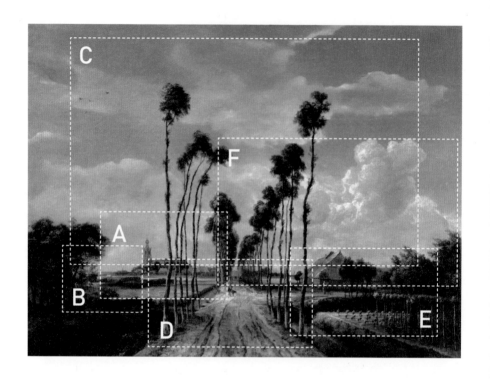

이 그림은 주입식 미술 교육의
표상일지도 모르겠다. 만일 여러분이
이 그림을 보고 '원근법'만을 떠올렸다면 말이다.

A. 소박한 정경

나란히 늘어선 가로수들은 작은 시골 마을과 교회 첨탑이 보이는 풍경 속으로 감상자를 이끈다. 이곳은 네덜란드 남부에 위치한 작은 섬마을 미델하르니스로, 지금은 나무도 사라지고 교회의 첨탑도 없어졌지만 여전히 소박한 정경을 간직하고 있는 곳이다. 호베마는 이런 소박한 시골 풍경을 사랑했다.

B. 낮은 지평선

이 작품에는 지평선이 낮게 잡혀 있다. 당시의 많은 네덜란드 풍경 화가들은 의도적으로 지평선을 낮게 위치시켜 사방으로 지평선이 끝없이 펼쳐진 네덜란드만의 특색 있는 풍경을 두드러지게 표현했다. 이러한 구상은 드넓게 펼쳐진 하늘을 가득 담을 수 있게 했다.

C. 유유히 흐르는 뭉게구름

화면의 반 이상을 차지한 광활한 하늘에는 뭉게구름이 유유히 흘러가고 있다. 하늘 높이 치솟은 키다리 가로수들은 하늘을 배경으로 가볍게 흔들린다. 안타깝게도 그림 속 맑은 하늘은 19세기에 복원을 하는 과정에서 손상을 입어 원래의 모습을 잃었다. 오른쪽에 힘차게 피어오르는 구름이 가장 잘 보존된 부분이다. 다른 구름과 차이점이 느껴지는가?

D. 대칭을 이루다

그림의 중앙에 자리하고 있는 이 길은 시골 어디서든 흔히 볼 수 있는 진흙길이다. 마을 사람들과 마차가 수시로 드나들었는지 크고 작은 발자국과 깊고 얕은 서로 다른 바큇자국들이 찍혀 있다. 길 양쪽으로 대칭을 이루며 늘어선 가로수들은 안정감을 주며, 시선을 길 저 끝과 지평선이 만나는 곳으로 향하게 하여 감상자의 마음을 편안하게 한다.

E. 여유가 느껴지는 풍경

중앙의 가로수길 오른쪽으
로 펼쳐진 작은 길을 따라가
면 작은 농가 앞에 서서 이야
기를 나누고 있는 두 사람을
만나게 된다. 그 아래로 보이는 밭에는 한 농부가 가지치기를 하고 있다. 그림 속 마을
의 구석구석을 돌아봐도 급하거나 서두르는 사람은 없다. 모두가 풍경 속에서 여유롭
게 움직이고 있다.

F. 소박한 화가

호베마는 두드러진 업적이 있는 것도 아니고 남긴 작품도 많지 않아
서 죽은 지 100년이 지난 뒤에야 예술성을 인정받았다. 그는 최고의
화가가 되겠다는 야망을 품고 밤낮으로 그림을 그린 것이 아니라 그
저 자신이 좋아하는 시골 풍경을 여유롭게 그리는 것으로 만족했다.
그래서 그런지 한적한 마을 풍경 곳곳에 화가를 닮은 소박함이 묻어
난다. 전원과 어우러지는 마을의 풍경과 하늘 위로 지나가는 저 상
쾌한 구름을 보고 있노라면 어느새 마음 깊은 곳까지 상쾌해진다.

마인데르트 호베마
Meindert Hobbema 1638~1709

마인데르트 호베마는 네덜란드 미술 황금기의 마지막 풍경 화가로, 영국 풍경화에 큰 영향을 미쳤습니다. 암스테르담에서 목수의 아들로 태어난 그는 15세 때 동생들과 함께 고아원으로 보내졌고, 2년 후인 1655년에 당시 유명한 풍경 화가인 야코프 반 로이스달의 도제로 들어가 그림을 배웠습니다. 호베마는 로이스달과 함께 여행을 다니며 자연의 풍경을 그림에 담았는데 이후 스승의 영향에서 벗어나 점점 자신만의 화풍을 만들어갔고, 얼마 지나지 않아 스승인 로이스달과 어깨를 나란히 하는 화가가 되었습니다.

1668년 호베마는 암스테르담 시장의 전담 요리사와 결혼하면서 그 인연으로 포도주 계량관이라는 새로운 직업을 얻었습니다. 그 때부터는 여유가 날 때만 간간히 그림을 그려서 남아 있는 작품이 그리 많지 않습니다. 그는 결혼 후 비교적 여유로운 생활을 했지만 인생 말년은 불행으로 가득했습니다. 호베마는 아내와 두 아이가 1704년에 사망한 후 5년 동안 빈곤에 허덕이다가 암스테르담에서 눈을 감았습니다.

---

* 마인데르트 호베마는 초상화가 남아 있지 않아서 풍경화로 대체했습니다.

〈물레방아〉 1688년경

;

북유럽의 따뜻한 겨울 풍경
피터르 브뤼헐 〈눈 속의 사냥꾼들〉
Pieter Bruegel the Elder

"브뤼헐은 그림을 예술적이고도 교훈적으로
들여다볼 수 있는 창으로 만들었다."

눈 속의 사냥꾼들 Hunter in the Snow
117×162cm, 캔버스에 유채, 빈 미술사 박물관, 1565년

겨울을 표현한 그림이라고 해서
꼭 추운 느낌이 들어야 하는 법은 없다.
사랑의 온기는 혹독한 겨울의 추위도 녹인다.

A. 계절은 겨울

얼어붙은 앙상한 검은 나뭇가지와 그 위에 내려앉은 눈. 그림을 보는 순간 지금 이 계절이 겨울이라는 사실을 실감하게 된다.

B. 지친 사냥꾼들의 모습

농사를 지을 수 없는 추운 계절이 오자, 남자들은 가족의 주린 배를 채워주기 위해 사냥을 나갔다가 마을로 돌아오고 있다. 하지만 소득은 없어 보인다. 가장 왼쪽에 있는 사냥꾼의 어깨에만 여우 한 마리가 걸쳐져 있는 것으로 보아 사냥이 성공적이지 못했다는 것을 알 수 있다. 지친 사냥꾼들은 허탈한 마음으로 집으로 돌아온다.

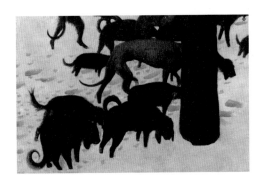

C. 지친 사냥개들

지친 사냥개들도 주인의 허탈한 심정을 아는지 주인이 내디딘 발자국을 조용히 따른다.

D. 울어대는 까마귀

나무 위의 까마귀는 지친 사냥꾼들의 심정을 이해하지 못하는 듯이 시끄러운 소리를 내며 울어댄다.

E. 고된 여정

고된 여정으로 지친 발이 눈 속으로 힘없이 폭폭 빠지는 소리가 들린다. 언덕만 넘으면 보이는 집에서 기다리고 있을 아내와 자식들을 생각하니 발걸음이 급해진다. 정상에 가까워지자 익숙한 소리가 들려오기 시작한다.

F. 마을을 내려다보다

빙판에서 신나게 뛰노는 아이들의 웃음소리와 함께 마을의 전경이 눈앞에 펼쳐진다. 아이들은 아버지들의 지치고 얼어붙은 발은 안중에도 없다는 듯이 꽁꽁 언 빙판에서 썰매를 타고 있다.

G. 아이와의 시간을 상상하다

아버지는 시간 가는 줄 모르고 놀고 있는 자신의 아이를 데리고 집에 들어가서 타닥타닥 소리를 내는 모닥불 옆에서 자신이 겪은 이야기를 들려줄 것이다. 하지만 그리운 집에 도착하려면 지친 발은 조금 더 수고해야 할 것 같다.

H. 춥지 않은 겨울 풍경

이 마을의 겨울 풍경은 추워 보이지 않는다. 분명 이 그림은 겨울을 묘사했지만 고된 사냥을 마치고 돌아온 사냥꾼들에게는 정겹고 평화로운 풍경일 것이다.

I. 따뜻한 겨울 풍경

그림 속에는 아버지를 기다리고 있는 가족들과 추위에 언 아버지의 몸을 녹여줄 따뜻한 모닥불이 보이지는 않지만 분명 어디선가 이 마을을 따뜻하게 하고 있을 것이다. 그래서 이 마을의 겨울 풍경은 따뜻하다.

피터르 브뤼헐

Pieter Bruegel the Elder 1525(?)~1569

피터르 브뤼헐은 15세기에 플랑드르 회화를 유럽 전역에 알린 얀 반에이크나 히에로니무스 보스 등 선배 화가들의 뒤를 이어, 16세기 플랑드르 회화를 이탈리아 미술과 어깨를 나란히 할 정도의 수준으로 끌어올린 위대한 화가입니다. 그는 종교적인 주제의 작품을 많이 제작했고, 농촌 생활에 보통 이상의 관심을 기울여 농촌 풍경이나 농민, 민간 전설, 속담 등의 주제에 유머와 애정을 담아 표현했습니다. 그는 작품에 서명과 날짜를 기입하는 습관이 있었는데, 1559년부터는 무슨 이유에서인지 자신의 이름에서 철자 'h'를 빼고 브뤼겔(Bruegel)로 서명하기 시작했습니다. 그가 가입한 지식인 모임의 인문주의 사상에 따라 그렇게 한 것이라는 주장도 제기되었지만 확실하게 확인된 바는 없습니다.

피터르 브뤼헐의 이름 앞에는 종종 대(大)자가 붙곤 하는데 이는 동명이었던 그의 아들과 구별하기 위해서입니다. 브뤼헐의 두 아들도 후에 화가가 되는데, 첫째인 피터르 브뤼헐은 아버지와 달리 괴기한 장면이나 지옥을 즐겨 그려서 '지옥의 브뤼헐'이라는 별명을 얻었습니다. 그리고 둘째인 얀 브뤼헐은 꽃이나 식물을 즐겨 그려서 '꽃의 브뤼헐'로 불립니다.

〈바벨탑〉 1563년경

;

생명의 에너지를 뿜어내는 황금빛 정원
장 프랑수아 밀레 〈봄〉
Jean Fransois Millet

"내가 아는 가장 즐거운 일은
숲속과 경작지에서 즐기는 고요함과 평화로움이다."

봄 Spring

86×111cm, 캔버스에 유채, 오르세 미술관, 1868~1873년

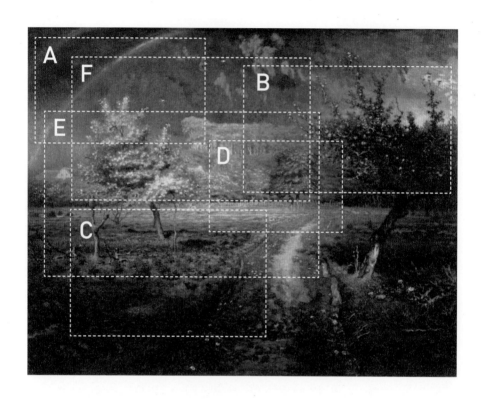

우리가 맞이할 봄도 그림 속의 풍경처럼
생기와 활력이 넘치는 봄이 되기를 바란다.

A. 밀레의 역작

사계절을 주제로 그린 4점의 연작 중 〈봄〉은 밀레가 가장 심혈을 기울여 완성한 작품이다. 목화 공장을 운영하던 사업가 프레데리크 아르만은 사계절을 주제로 한 그림 4점을 테오도르 루소에게 주문했다. 하지만 작업 도중 루소가 사망하는 바람에 아르만은 밀레에게 작업의 마무리를 부탁한다.

밀레는 바르비종에 있는 정원에서 자연 풍경을 관찰하는 것을 좋아했다. 그는 평소처럼 바르비종에서 풍경을 관찰하던 도중 영감이 떠올라 이 그림을 그렸다. 왼쪽 상단을 보니 풍경을 꼭 닮은 금빛 무지개가 보인다. 비가 그친 지 얼마 되지 않았을 때의 풍경이라는 것을 알 수 있다.

B. 맑아지는 하늘

소나기가 방금 지나간 하늘은 아직 어둡다. 하지만 그림의 오른쪽 끝을 보면 알 수 있듯이 먹구름은 지나가고 하늘이 맑아지고 있다. 먹구름 아래의 풍경을 그렸기 때문에 빛을 받지 않는 부분은 어둡다. 반면에 그림 중간의 근경과 원경에는 황금빛이 비치고 있어 신비로움을 더하고 있다.

C. 자연을 향한 밀레의 애정

물기를 흠뻑 머금은 흙은 금방이
라도 초목의 싹을 틔울 듯하다. 밀레는 소나기가 불어넣은 생기에 채소밭이 짙은 초
록색과 황금색으로 빛을 발하는 장면을 묘사했다. 이러한 풍경은 대지의 생명력과 자
연의 활기찬 에너지에 대한 밀레의 애정을 느끼게 한다.

D. 소나기를 피하는 농부

이 그림을 작업할 당시 밀레는 인물보다는 풍경에 각별한 관
심을 기울였다. 하지만 이 작품에서 인물을 전혀 찾아볼 수
없는 것은 아니다. 그림 중간에 약간 못 미치는 곳에 갑자기
쏟아지는 소나기를 피해 나무 아래에서 쉬고 있는 농부의 모
습이 보인다. 그림을 한참 들여다보아야만 찾을 수 있을 정도
로 그림 속 아주 작은 부분을 차지하는 것으로 보아, 밀레의
관심이 풍경에 집중되어 있다는 것을 알 수 있다.

E. 가공된 자연과 순수한 자연의 조화

농부는 접붙이기를 하던 중 소나기가 쏟아지자, 비를 피할 수 있는 큰 나무를 찾아 멀리까지 뛰어간 것 같다. 그림 왼쪽 근경에서 농부가 미처 마무리하지 못한 접붙이기 작업의 흔적이 보인다. 접붙이기를 한 나무며 울타리 등 사람의 손을 거친 가공된 자연이 순수한 자연과 조화를 이룬다.

F. 자연에 대한 경외감

밀레는 신비롭고 생기 넘치는 봄과 놀라운 자연의 변화 순간을 화폭에 담아냈다. 밝고 따뜻한 느낌의 흔한 봄을 그린 그림과 달리 다소 어두운 밀레의 그림을 보고 의아하게 여길 수도 있다. 하지만 초록색 생명들이 비를 통해 생기를 찾고 생명의 빛을 뿜어내는 장면을 보고 있노라면 자연에 대한 깊은 경외감이 느껴진다.

장 프랑수아 밀레
Jean François Millet 1814~1875

이삭을 줍거나 씨를 뿌리고 있는 농민들의 그림을 본 적이 있다면 그것은 필시 장 프랑수아 밀레의 작품일 것입니다. 밀레가 태어난 노르망디의 작은 마을 그뤼시는 농업이 주된 삶이었던 지역으로, 그는 어린 시절부터 농부들의 삶을 관찰하며 자라왔습니다. 밀레는 초등학교 졸업이 학력의 전부이지만 마을의 개신교 목사 두 명에게 라틴어와 근대 문학 작가들에 대해 배운 이후 평생 동안 책을 가까이한 학구적인 사람이었습니다.

밀레가 그림을 그리기 시작한 것은 아버지 때문이었습니다. 밀레의 아버지는 아들의 재능을 알아보고 초상화가 폴 뒤무셸에게 보내 초상화를 배우게 했습니다. 1840년 밀레는 초상화 한 점이 살롱전에 당선되어 초상화가로 본격적인 활동을 시작했지만 극심한 가난에 시달려야 했습니다. 파리로 온 밀레는 1847년 전시에서 처음으로 큰 성공을 거두었고, 1849년에는 바르비종으로 이주하여 테오도르 루소를 비롯한 여러 바르비종파 화가들과 교류하며 함께 작업했습니다. 농촌의 고단하고 열악한 삶을 영웅적으로 표현한 밀레의 걸작들은 바로 이 시기에 연이어 탄생했습니다. 그는 사실주의뿐 아니라 인상주의, 후기 인상주의 화가들에게 지대한 영향을 미쳤으며 후대의 모든 화가에게 칭송받는 화가가 되었습니다.

〈이삭 줍기〉 1857년

;

풍경 위에 추억을 펼쳐놓다
장 바티스트 카미유 코로
〈모르트퐁텐의 추억〉
Jean-Baptiste-Camille Corot

"깊숙한 시골로 들어가게나. 뮤즈는 숲속에 있을 테니."

모르트퐁텐의 추억 Recollection of Mortefontaine
65.5×89cm, 캔버스에 유채, 루브르 박물관, 1864년

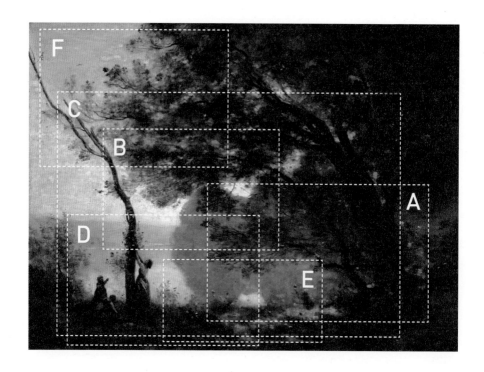

추억이라는 이름의 아름다운 기억들은
한 폭의 아름다운 그림이 되기도 한다.

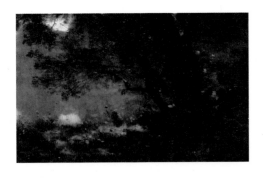

A. 자연을 향한 무한한 애정

카미유 코로는 장 프랑수아 밀레와 함께 19세기 프랑스 최고의 풍경 화가로 손꼽힌다. 자연과 친밀하게 교감하면서 그림의 영감을 얻었던 바르비종파의 대표적인 화가 중 한 명으로, 자연을 향한 무한한 애정을 담은 풍경화를 그리기 좋아했다. 코로는 생전에 여러 점의 풍경화를 그렸지만 그중 코로만의 특색이 가장 잘 드러난 작품이《모르트퐁텐의 추억》이다. 모르트퐁텐은 프랑스 북부에 위치한 작은 마을이다. 이곳은 17세기에 심은 진귀한 나무들과 잘 조성된 인공 호수가 아름답기로 유명했다. 그래서 많은 화가들이 영감을 얻기 위해 이곳으로 왔고 코로 역시 그랬다. 코로는 1850년대부터 빛과 물 표면의 효과를 실험하기 위해 모르트퐁텐을 자주 찾았다.

B. 모르트퐁텐의 아침 풍경

자욱한 물안개가 차츰 걷히자, 평화로운 모르트퐁텐의 아침 풍경이 서서히 드러난다. 모르트퐁텐의 흐릿한 대기는 초기의 풍경 사진을 연상시킨다. 사진술의 발전이 미약하던 초기에 풍경 사진들은 안개가 낀 것처럼 흐릿하게 보였다. 코로는 방대한 양의 사진을 수집해 소장할 정도로 초기의 풍경 사진에 관심이 많았기 때문에 그림에 사진술을 적용하는 실험을 했을 것으로 보인다.

C. 안정적인 균형감

그림의 오른쪽에는 무성한 이파리
를 펼치며 왼쪽 상단으로 가지를 뻗어내는 커다란 나무가 보인다. 이 커다란 나무는
압도적인 크기로 감상자의 시야를 차단하는 동시에 왼쪽에 펼쳐진 호수의 정경으로
시선을 이끄는 역할을 한다. 화가가 왼쪽에 3명의 인물들을 배치한 것은 아주 탁월한
선택이었다. 오른쪽으로 지나치게 기울어 있는 무게 중심이 왼쪽에 배치된 인물들 덕
분에 적절히 균형을 이룬다.

D. 평화로운 모르트퐁텐 공원

붉은 치마를 입은 여인은 동생 혹은 자녀들과 함께 모르트퐁
텐 공원으로 나들이를 왔다. 한 아이는 나무 아래에 자라고
있는 붉은 꽃을 따려고 몸을 구부리고 조금 더 어려 보이는
한 아이는 도톰한 손가락으로 나뭇가지를 가리키며 뭔가를
따달라고 조르고 있다. 붉은 치마를 입은 여인은 아이들에게
줄 선물을 따기 위해 까치발을 하고 손을 뻗는다. 이 모든 장
면이 평화롭다.

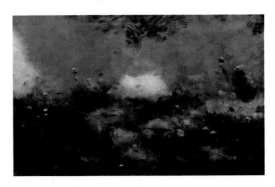

E. 추억을 떠올리다

하지만 제목에서 충분히 암시하고 있듯이 이 그림은 실제의 풍경이 아니다. 65세의 코로는 전에 자주 찾았던 아름다운 모르트퐁텐에서의 추억을 회상하며 이 그림을 그렸다. 그래서인지 그림 속 모르트퐁텐의 풍경은 꿈속의 장면을 보는 듯 몽환적이다. 그림에 녹아 있는 그윽한 분위기는 '추억'이라는 단어를 표현하기에 더없이 적합하다.

F. 추억을 펼쳐놓다

코로의 작품은 우리의 마음속 어딘가에 자리하고 있을 추억을 끄집어내어 그림 속 풍경 위에 차분히 펼쳐놓는다. 또 가끔은 어릴 적 그리운 시절로 되돌아가게 해주기도 하며 고향에 대한 향수를 불러일으키기도 한다. 코로에게 추억이란 어떤 것이었을까? 그에게 직접 물어본 적은 없지만 그의 그림이 대신 대답을 해주고 있는 것 같다. 이 그림의 풍경처럼 편안하고 아늑한 것이라고.

장 바티스트 카미유 코로
Jean-Baptiste-Camille Corot 1796~1875

파리의 부유한 옷감 상인의 아들로 태어난 코로는 가업을 이어받으려 일을 배웠지만 적성에 전혀 맞지 않아서 결국 포기했습니다. 코로의 부모는 그가 26세가 되던 해에 그림에 전념할 수 있도록 허락했고, 코로는 그림으로 생계를 유지할 수 있게 된 50대에 이르기까지 부모에게 경제적으로 의존했습니다. 미샬롱과 베르탱 같은 풍경 화가들의 가르침을 받은 코로는 스승의 권유에 따라 이탈리아로 여행을 가서 풍경화를 제작했습니다. 그러다 1830년대부터 점차 호의적인 평을 받던 그의 풍경화는 1850년대에 이르자, 하늘을 찌를 듯한 인기를 얻게 되었습니다.

코로는 화가로 성공한 후 상당한 부를 얻었지만 검소하고 소탈하게 생활했으며 평생을 독신으로 살았습니다. 그는 사치를 부리는 대신 가난한 동료 화가들을 경제적으로 지원했고 '아버지 코로'라고 불릴 정도로 젊은 화가들에게 널리 존경을 받았습니다. 코로가 얼마나 너그럽고 관대했는지 다른 화가들이 자신의 작품을 그대로 베끼거나 서명을 도용하는 것까지 묵인해주었습니다. 덕분에 코로는 "그가 그린 작품 3,000여 점 중 6,000점은 미국에 있다"라는 말이 나올 정도로 모작이 많은 화가가 되기도 했습니다.

〈님프들의 춤〉 1850년

;

대자연의 광포한 힘에 맞서다
이반 아이바좁스키 〈아홉 번째 파도〉
Ivan Airazovsky

"어떠한 예비 스케치도 없이 아주 잠시 본 풍경을 생생하게 그릴 수 있었던
아이바좁스키의 예술적 재능은 가히 전설적이다."

아홉 번째 파도 The Ninth Wave
221×332cm, 캔버스에 유채, 러시아 상트페테르부르크 미술관, 1850년

아이바좁스키가 바다 풍경화의 대가로 꼽히는 이유를
아마 온몸으로 깨달을 것이다.

A. 거센 폭풍우가 지나가고

〈아홉 번째 파도〉에서는 폭풍우가 지나간 후의 바다를 묘사하고 있다. 집채만 한 파도가 모든 것을 집어삼킬 듯 밀려오고 있다. 뱃사람들은 아홉 번째 파도가 가장 높고 강하다고 생각했다. 그래서 아홉 번째 파도를 극복하면 밝은 태양이 보이는 넓은 세상으로 나갈 수 있다고 굳게 믿었다.

B. 생존을 위한 사투

폭풍우와 파도의 광포한 힘은 뱃사람들이 타고 있던 배를 산산조각 냈다. 살아남은 뱃사람들은 난파선 잔해를 간신히 붙잡고 생존을 위해 사투를 벌이고 있다. 아이바좁스키의 작품에서 '배'는 또 다른 형태의 인간을 상징한다. 난파선 잔해는 위태로운 모습의 인간을 표현한다.

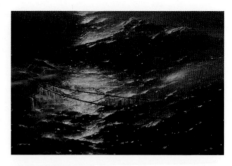

C. 거대함과 부드러움

요동치는 파도는 인간이 거스르지 못
할 거대하고 무서운 힘을 가진 자연
의 힘을 보여주지만 전반적인 풍경은
부드러운 느낌이 들며 낭만적이기까지 하다. 자연의 거대한 힘을 다루는 대부분의 작
품들은 주로 무겁고 짙은 색채를 사용하지만 이 작품은 따스하면서도 무게감 있는 색
채를 사용했기 때문에 낭만적인 풍경을 연출한다.

D. 태양의 역할

낭만적인 풍경을 연출하는 데에는 저 멀리 파도 너머에서 비추는 태
양의 역할 또한 크다. 태양빛은 구름 사이를 가르고 난파선 잔해와
뱃사람들을 따뜻하게 감싸 공포와 두려움에서 벗어나게 하는 요소로
작용하고 있다. 붉게 물든 하늘 너머로 숨겨진 태양은 파도마저 붉게
적신다. 푸르다 못해 에메랄드빛으로 비치는 파도와 붉은 색조의 하
늘은 색채 대비를 통해 풍경을 더욱 강렬하게 만들고 있다.

E. 러시아에서 가장 아름다운 그림

풍부한 감성으로 표현한 바다의 풍경은 온화하고 낭만적인 모습으로
다가온다. 윌리엄 터너는 아이바좁스키를 천재라고 칭했고 외젠 들라
크루아도 아이바좁스키가 자신의 우상이라고 밝혔다. 낭만파 화가들
이 그러했듯 아름다운 이 풍경에 시선을 고정하다 보면 왜 이 작품이
'러시아에서 가장 아름다운 그림'으로 불리는지 알게 될 것이다. 그림
속의 뱃사람들은 위협적인 자연의 힘에 굴하지 않고 아홉 번째 파도
를 넘어 자신들의 삶을 향해 나아간다. 위대한 자연의 힘 앞에서도 꺾
이지 않는 불굴의 의지가 마음 한구석을 열정으로 물들인다.

이반 아이바좁스키

Ivan Aivazovsky 1817~1900

이반 아이바좁스키는 크림 반도에 위치한 페오도시야라는 도시에서 태어났습니다. 그의 어린 시절은 가난의 연속이었습니다. 하지만 아이바좁스키는 그의 재능을 알아본 몇몇 사람들의 도움으로 미술 학교에서 공부하게 됩니다. 1836년 가을, 아이바좁스키는 자신이 즐겨 그리던 해양 풍경화 다섯 점을 출품했습니다. 심사위원들은 앞다퉈 그의 작품에 찬사를 쏟아냈고 그의 해양 풍경화 두 점이 수상작이 되었습니다. 그 후 아이바좁스키는 유럽 전역을 여행하며 전시회를 열었고 오스만제국의 술탄 압뒬메시드의 초대에 응하여 콘스탄티노플에서 잠시 동안 황실 화가로 일하기도 했습니다. 아이바좁스키는 인생 말년을 고향에서 보냈는데 그곳에 미술 학교와 박물관을 설립하는 등 고향에 대한 애정을 보였습니다. 그리고 1900년 5월 2일 사망 후 그의 바람에 따라 고향 땅에 묻혔습니다.

〈파도 속에서〉 1898년

;

한여름밤 해변의 황홀한 꿈
윈슬로 호머 〈여름밤〉
Winslow Homer

"태양은 나에게 미리 알리는 일 없이 떠오르거나 지지 않는다.
그래서 감사하다."

여름밤 Summer Night
76×102cm, 캔버스에 유채, 오르세 미술관, 1890년

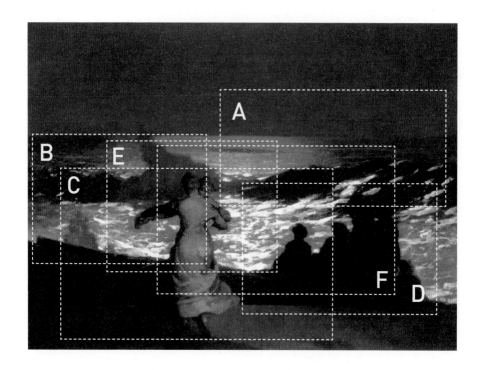

한 편의 시와 같은 그림,
이 그림에 딱 어울리는 표현이다.

A. 여름밤의 파도

뜨거운 한낮의 열기가 가라앉은 여름밤, 철썩이는 파도 소리가 해변
에 울려 퍼진다. 은은한 달빛은 너울거리는 파도 위에 내려앉아 반짝
거리며 한밤의 낭만을 속삭인다.

B. 아코디언 소리

파도가 해변으로 밀려와 부딪치며 경쾌한 음악을 만들고 있을 때 바닷가 작은 집에
서도 아코디언 소리가 들려온다. 아코디언의 매력적인 음색은 파도 소리와 어우러지
며 흥겨운 음악을 만든다.

C. 춤추는 여인들

그림 중앙의 두 여인은 음악 소리에
맞춰 춤을 추고 있다. 황홀한 꿈을 꾸듯 눈을 감고 넘실거리는 아코디언 소리에 몸을
맡긴 이들의 모습은 흥겨움이 얼마나 무르익었는지 보여준다.

D. 빛의 효과

오른쪽에는 어둠 속에 묻혀 검은색 실루엣으로 표현된 여러
명의 사람이 보인다. 그들의 모습을 정확하게 파악할 수는 없
지만 아마도 몇몇은 춤추고 있는 여인들이고, 또 몇몇은 밤바
다를 바라보고 있을 것이다. 호머는 이 그림을 그린 1890년
부터 빛의 효과에 중점을 두고 그림을 그렸다. 그래서 이 작
품에는 빛을 받아 환하게 빛나는 인물과 어둠 속에 묻혀버린
인물들이 대비를 이룬다.

E. 빛의 근원지

이 그림에는 빛의 근원지가 두 곳 있다. 그 근원이 어디인지는 전혀 보이지 않지만 짐작할 수는 있다. 후경의 바다 풍경은 달빛을 받아 빛나고 있을 것이며 춤추고 있는 여인의 등을 환하게 비추고 있는 빛은 주변의 집에서 나오는 것이다. 호머는 자연광과 인공광을 적절하게 사용해 극적인 효과를 주었다. 만약 그가 달빛만을 이용했다면 이 그림은 어두컴컴하고 음침한 분위기의 그림이 되지 않았을까?

F. 소박하고 아름다운 삶

자연과 더불어 살아가는 바닷가 마을 주민들의 소박하지만 아름다운 삶을 흠모했던 호머의 애정이 느껴진다. 그림 속에서 서로 껴안고 춤을 추는 여인들도, 달빛에 반짝이는 밤바다를 바라보는 이들도, 이 해변의 낭만도 모두 한여름밤의 꿈처럼 신비롭고 매혹적이다. 호머의 〈여름밤〉은 당신을 달빛 가득한 해변으로 초대한다.

윈슬로 호머
Winslow Homer 1836~1910

보스턴에서 태어난 윈슬로 호머의 첫 그림 선생님은 어머니였습니다. 아들들에 대한 사랑이 남달랐던 어머니는 온화하고도 강인했으며 예술적 재능이 남달랐습니다. 호머는 아마추어 수채화가였던 어머니의 지도 아래 그림을 배우다가, 19세 때 보스턴에 있는 석판화 공방에 도제로 들어가 삽화를 제작했습니다.

그러던 중《하퍼스 위클리》의 삽화가가 되었고, 남북전쟁이 일어나자 종군 기록화가가 되어 남쪽으로 가서 전투 장면과 군 내부 생활 등을 그림에 담았습니다. 이때 완성한 〈전선에서 온 포로들〉로 처음으로 세상의 주목을 받게 됩니다. 그 후 영국을 거쳐 미국의 어촌 마을에 정착하여 사실상 은둔생활을 시작한 호머는 74세의 나이까지 바다 풍경만을 그리다 생을 마감합니다. 그래서 그는 '19세기 미국 풍경화를 대표하는 화가'라는 수식어뿐 아니라 '붓을 든 은둔자'라는 별칭도 얻게 되었습니다.

〈멕시코 만류〉 1899년

;

고독한 뒷모습에서 화가의 내면을 읽다
카스파르 다비트 프리드리히
〈안개 바다 위의 방랑자〉

Casper David Friedrich

"화가는 자기 앞에 있는 것뿐 아니라
자기내면에서 본 것도 그려야 한다."

Y

안개 바다 위의 방랑자 The Wanderer above the Sea of Fog
94×74cm, 캔버스에 유채, 함부르크 미술관, 1818년

등을 돌린 남자는 과연 어떤 표정을 짓고 있을까?
상상은 여러분의 몫이다.

A. 고독하고 우울한 분위기

열 명의 남매 중 여섯째로 태어
난 프리드리히의 유년 시절은 불
행으로 가득했다. 그가 7세 때 어
머니가 세상을 떠났고 또 두 명
의 누이와 남동생이 연이어 죽으
면서 프리드리히를 절망으로 몰아넣었다. 그의 작품 전반
에서 느껴지는 고독하고 우울한 감정들은 화가의 불운했
던 어린 시절을 짐작하게 한다.

B. 거센 바람과 달려드는 파도

거센 바람이 매서운 소리를 내며 포
효하고 하얀 파도가 이를 드러내
며 달려든다. 파도가 바위와 부딪치
며 내는 소리가 그림 너머에서 들려
오는 듯하다.

C. 자연 속의 한 남자

한 남자가 거센 바람과 파도에도 아
랑곳하지 않고 자욱한 안개 바다
를 응시하고 있다. 남자는 감상자에
게서 등을 돌린 채 풍경을 바라보
고 있다. 화가는 남자의 얼굴을 보
여주지 않는 것으로 그가 웅장한 대
자연의 모습에 어떤 반응을 보이고 있는지 호기심을 불러
일으킨다.

D. 남자의 얼굴을 상상하다

남자의 표정을 상상해볼 수 있다
는 것이 이 작품의 매력이다. 감
상자는 자연이 만들어내는 경
이로운 풍경을 보며 환희를 느끼는 남자의 모습을 상상해볼 수도 있고, 거대한 대자
연 앞에서 보잘것없는 존재라는 사실을 깨닫고 고독에 빠진 남자의 모습도 상상해
볼 수 있다.

E. 색채의 명암

근경의 바위와 인물은 선명하고 어두운 색채로 강조했다. 그에 비해
중경에서 원경으로 멀어질수록 대상은 희미해지고 색상은 회색에 가
까워진다. 풍경이나 사물은 거리가 멀어지면 멀어질수록 그 모습이
흐릿해지며 색채도 탁해 보인다. 그 현상을 강조해 표현한 원근법이
'공기원근법'인데 이 작품에서는 공기원근법을 탁월하게 사용했다.

F. 광활한 대자연 앞에 홀로 선 인간

또한 짙은 색상의 바위와 인물은 밝은 파도와 강한 명도 대비를 이루며 화면의 가장 앞으로 진출한 듯한 효과를 주어 화면의 깊이를 더하고 있다. 화가가 의도한 치밀한 구성들은 광활한 대자연 앞에 홀로 마주 선 인간의 모습을 극적으로 묘사한다. 자연에 대한 심오한 감정이 전해진다. 또한 화가의 고독과 상실감도 전해진다.

G. 내면세계를 담다

프리드리히는 이렇게 말했다. "내면에서 아무것도 볼 수 없다면 눈앞에 있는 것도 그리지 말아야 한다." 이처럼 진지하게 내면의 소리에 귀를 기울였던 그는 실제로 눈에 보이는 풍경뿐 아니라 내면에서 보이는 풍경을 그림에 담아야 한다고 생각했다. 이 작품 또한 평범한 풍경을 표현하고 있는 듯하지만 그의 내면세계가 담겨 있다. 불운했던 유년 시절의 우울한 기억들이 그림 속에 잔잔히 묻어난다.

카스파르 다비트 프리드리히
Caspar David Friedrich 1774~1840

독일의 그라이프스발트에서 태어난 카스파르 다비트 프리드리히는 독일만의 특색이 담긴 낭만주의 풍경화의 대가였습니다. 그의 유년 시절은 불행으로 가득했습니다. 7세가 되던 해에 어머니가 사망했고 다음 해에 누나도 어머니의 뒤를 따랐습니다. 13세 때는 동생이 얼음이 언 호수에서 죽어가는 것을 보고만 있어야 했습니다. 전하는 기록에 따르면 호수에 빠진 프리드리히를 구하다가 동생이 호수에 빠져 죽었다고 하니, 프리드리히는 아마 평생 죄책감 속에 살았을 것입니다. 이러한 사건들의 영향인지 프리드리히는 소극적이고 고립적인 성격을 가지게 되었습니다.

프리드리히의 작품들 속에 담긴 외로움과 고독, 엄숙함과 정적은 그를 어둡고 차가운 사람으로 단정 짓기 쉽지만 프리드리히와 친하게 지냈던 동시대 사람들은 그를 진지하면서도 유머러스한 사람이었다고 말합니다. 프리드리히는 1805년 독일의 시인이자 극작가인 요한 볼프강 폰 괴테가 주최한 바이마르 공모전에서 상을 받으면서 명성을 얻었습니다. 그 이후로 독일 전역에서 사랑받는 화가가 되었지만 다른 나라에는 거의 알려지지 않아서 사후에는 사람들의 기억에서 잊혔습니다. 하지만 20세기 초에 재평가되어 오늘날에는 19세기 독일 낭만주의를 대표하는 화가로 꼽히고 있습니다.

〈바닷가의 수도사〉 1808~1810년

;

피할 수 없는 시간의 흐름
윌리엄 터너 〈테메레르의 마지막 항해〉
William Turner

"나는 이해받기 위해 그림을 그리는 것이 아니다.
그 장면이 어떤 느낌이었는지 보여주고 싶을 뿐이다."

테메레르의 마지막 항해 The Fighting Temeraire

91×122cm, 캔버스에 유채, 내셔널 갤러리, 1839년

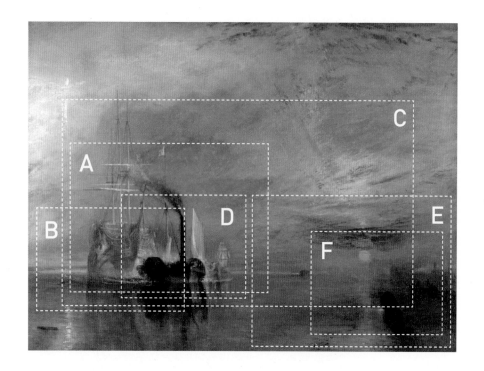

노년에 이른 터너는
낡은 함선 테메레르에서 자신의 모습을 보았다.

A. 전함 테메레르

그림 가장 왼쪽에 보이는 오래된 함선이 바로 이 그림의 주인공 '테메레르'다. 테메레르는 영국이 세계 최강의 해군력을 자랑하던 시대를 풍미했던 의미 깊은 전함으로, 영국의 운명이 걸려 있던 1805년 트라팔가르 전투에서 활약하며 명성을 떨쳤다. 이 전투로 나폴레옹은 영국 본토 침략 계획을 단념해야 했고, 영국은 19세기 내내 바다에서 엄청난 영향력을 유지하며 세계를 이끄는 대제국이 되었다.

B. 해체될 운명에 처한 퇴역선

하지만 테메레르의 영광은 오래가지
못했다. 이 함선은 얼마 못 가 수명이
다해 1812년에 노후선으로 판정받고 퇴역하게 되었다. 항해가 사실상 불가능해진 이 함선은 퇴역한 이후 감옥이나 숙소, 창고 등으로 이용할 수 있도록 개조하여 사용하다가, 1838년 존 빗슨이라는 선박 해체업자에게 팔렸다. 찬란한 영광을 자랑하던 함선 테메레르는 이제 해체되어 통나무 장작이 되어버릴 운명에 처했다.

C. 증기선의 시대가 도래하다

아무 쓸모가 없어져버린 낡은 함
선 테메레르는 시대의 변화를 상
징하는 견인 증기선에 예인되고 있다. 진한 검정색의 견인 증기선
은 견고하고 튼튼해 보이지만 이와 대조적으로 하얀색의 테메레르
는 금방이라도 사라져버릴 것 같은 유령선처럼 희미하다. 마치 낡
은 함선의 시대가 가고 증기선의 시대가 다가왔다는 사실을 암시
하는 듯하다.

D. 극적으로 표현된 상실감

선박 해체업자는 쉬어니스에 정박해
있던 테메레르를 런던 남부 로더하이
드에 있는 해체장까지 예인해 와야 했
다. 그래서 두 대의 증기선을 빌려 예인을 진행했는데 이 그림에는 그중 한 대의 증기
선만 그려넣었다. 또한 테메레르는 해체를 위해 서쪽으로 가야 했지만 이 그림에서는
태양을 등지고 동쪽을 향해 떠나는 모습으로 그려져 있다. 그림과 같은 방향으로 항
해를 한다면 도착하는 곳은 로더하이드가 아닌 벨기에나 네덜란드가 될 것이다. 하지
만 이 그림에서 터너의 주된 관심은 상실감을 극적으로 불러일으키는 것이었지 특정
사건을 정확하게 기록하는 것이 아니었다.

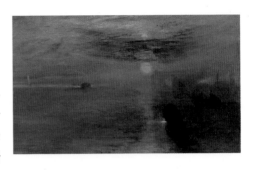

E. 빛을 다루는 뛰어난 솜씨

터너는 극적인 상실감을 불러일으
키려고 빛의 효과를 능숙하게 사
용했다. 템스 강 주변에 살면서 물
가의 풍경과 항구에 정박된 선박

들을 즐겨 그리던 그는 빛을 받아 시시각각 변하는 물가의 풍경을 아름답게 그리는
데 솜씨가 뛰어났다. 또한 일출과 일몰을 그리는 데 특히 탁월했는데 이 그림에서도
바다 위의 일몰을 극적으로 표현하는 데 심혈을 기울였다. 이 그림의 노을 부분은 그
림의 다른 부분과 다르게 물감이 매우 두껍게 덧발라져 있다. 여러 번 덧칠하여 완성
된 노을은 터너가 의도했던 것처럼 극적인 상실감을 불러일으키며 영국 해군의 쇠퇴
를 예고한다.

F. 테메레르와 화가의 일체감

이 그림은 자연의 변화를 민감하
게 드러내는 물가와 석양의 풍경을 통해 한 시대의 종말을 장엄하게
표현하고 있다. 터너는 이 그림을 얼마나 아꼈는지 '나의 연인'이라
고 불렀으며, 돈을 주거나 아무리 부탁해도 이 그림을 빌려주지 않을
거라고 말했다. 어쩌면 노년에 이른 터너는 테메레르와 일체감을 느
꼈을지도 모른다. 지금은 터너도 테메레르도 없지만, 이 그림의 압도
적인 풍경을 바라보고 있노라면 터너와 테메레르의 찬란했던 영광
이 다시 살아나는 듯하다.

윌리엄 터너
William Turner 1775~1851

윌리엄 터너는 런던의 코번트가든에서 이발소를 운영하던 윌리엄 게이 터너의 아들로 태어났습니다. 그의 어머니는 정신 질환을 앓고 있었는데 터너의 여동생 헬렌 터너가 사망한 후 병세가 더욱 악화되어 정신병원에 입원했고 얼마 후 그곳에서 사망했습니다. 터너는 어머니의 따뜻한 사랑을 받으며 자라지는 못했지만 그를 지극히 아꼈던 아버지 덕분에 별다른 문제없이 성장했습니다.

터너는 삼촌이 사는 템스 강 인근의 마을에서 지내면서 예술적인 재능을 보이기 시작했습니다. 터너의 아버지는 아들의 그림을 자신의 이발소에 전시하는 등 그의 재능을 자랑스럽게 여겼으며 아들이 화가가 되기를 바랐습니다. 터너는 아버지의 기대를 저버리지 않고 14세의 나이에 왕립 아카데미에 입학했고 20대 초반에는 그 재능을 인정받아 아카데미 정회원으로 선출되었습니다. 이후에는 시시각각 변하는 빛과 물의 효과를 독창적으로 표현할 방법을 연구하며 작품 활동을 활발히 이어갔고, 말년에는 아버지 이외에는 다른 사람들을 만나려 하지 않는 등 고독한 은거 생활을 하다 숨을 거두었습니다.

〈노예선〉 1840년

그림 속 빛으로 남다

정원의 여인들
255×205cm, 캔버스에 유채, 오르세 미술관, 1866년

19세기 후반 프랑스를 중심으로 인상주의 운동이 시작된 이래 많은 화가들이 인상주의 운동의 흐름을 거쳐 갔지만, 대부분의 화가들은 인상주의의 그늘에서 벗어나 새로운 화풍을 추구했다. 하지만 모네는 그렇지 않았다. 여타 인상주의 화가들보다 유난히 빛과 그림자에 관심이 많았던 그는 죽을 때까지 흔들림 없이 인상주의를 고수했다. 모네가 작품 활동을 하면서 가장 큰 영감을 받은 것은 당연히 빛이었지만 그의 첫 번째 아내 카미유 동시외 또한 그에게 끊임없는 영감의 원천이었다.

모네와 카미유는 화가와 모델로 만났다. 여러 차례 함께 작업하던 둘은 서서히 사랑에 빠졌고 이내 함께 살기 시작했다. 하지만 당시 직업 모델은 신분적으로 천대받는 직업이었기에 모네의 아버지와 고모는 둘의 결혼을 강하게 반대했다. 가족들은 모네의 유일한 경제적 지원자였고 모네가 가족들의 반대를 무릅쓰고 결혼을 한다는 것은 곧 경제적 지원의 단절을 의미했다. 동시에 가문의 권위에 대한 도전이었기 때문에 모네는 자신과 카미유의 관계를 가족들에게 숨기기도 했다.

이후 모네와 카미유는 경제적으로 어려움을 겪었지만 그 시기에 그려진 그림은 오히려 행복하고 아름다운 그림들이었다. 〈정원의 여인들〉은 화사한 여름 드레스를 입은 네 여인이 따스한 햇살 속에서 산책로를 거닐며 꽃을 꺾는 여유롭고 행복한 장면을 담고 있다. 이 네 명의 여인 중에 누가 모네의 연인 카미유였을까? 이들의 의상이나 머리빛깔은 각자 다르지만 네 사람은 모두 카미유를 모델로 그렸다. 모델로서 1인 4역을 충실히 해낸 카미유를 향한 모네의 애정 어린 시선이 느껴지는 작품이다.

센 베네쿠르 강변에서
81×100cm, 캔버스에 유채, 시카고 아트 인스티튜트, 1868년

1866년 카미유는 임신을 했고 이듬해에 첫아들 장이 태어났다. 하지
만 경제적 어려움은 커져만 갔고, 결국 모네 가족은 채권자를 피해 생
활비가 덜 드는 글로통이라는 마을로 이사를 간다. 작품 속 카미유는
아들 장을 안고 센 강 너머 베네쿠르 마을을 응시하고 있다. 수면에
반사된 반짝거리는 빛과 잔물결이 마을의 한가로운 오후 풍경을 그
리고 있지만 카미유의 뒷모습은 왠지 모르게 쓸쓸하고 고독해 보인
다. 이를 보고 있었을 모네의 애잔한 시선도 그림 곳곳에서 고스란히
전해진다.

트루빌 해변의 카미유
38×47cm, 캔버스에 유채, 예일대학교 미술관, 1870년

모네와 카미유는 결국 1870년 6월 28일에 정식 결혼식을 올렸다. 둘의 결혼을 인정할 수 없었던 모네의 아버지는 그 자리에 참석하지 않았지만 동료 화가들이 참석했고 귀스타브 쿠르베가 증인을 섰다. 정식 결혼을 하고 부부가 된 모네와 카미유는 노르망디의 휴양지 트루빌로 신혼여행을 갔다. 모네는 해안을 따라 여행하며 트루빌의 활기차고 도회적인 풍경 속에 카미유를 그려 넣었다. 투박한 붓질로 표현된 카미유이지만 화가와 모델 사이의 부드러운 교감이 느껴진다. 여전히 가난했지만 트루빌에서 그린 그림들에는 행복과 생기가 가득하다.

하지만 행복도 잠시, 프로이센-프랑스 전쟁이 일어나고 모네는 징집을 피해 영국으로 망명한다. 전쟁이 끝난 후 다시 프랑스로 돌아온 모네는 가족과 함께 아르장퇴유의 정원이 딸린 집에 정착한다. 아버지의 유산과 주변의 도움, 꾸준한 작품 활동과 판매로 전보다는 상황이 좋아졌지만 생활고는 여전했다. 그래도 가난하지만 사랑하는 여인과 함께하는 기쁨이 그림 속에 담긴 걸까? 카미유와 아들 장이 등장하는 모네의 여러 그림들은 계속해서 행복과 여유를 담고 있다. 하지만 건강이 점점 악화되어가던 카미유에게는 죽음의 그림자가 짙게 드리워져 있었다.

카미유의 임종
90×68cm, 캔버스에 유채, 오르세 미술관, 1879년

카미유는 둘째 아들 미셸을 출산한 이후로 급격하게 건강이 악화되었다. 골반에 생긴 암 때문이었다. 모네는 그림들을 팔아 치료비를 마련하는 등 치료를 위해 많은 돈을 쏟아부었지만 카미유의 건강은 회복되지 않았다. 그가 할 수 있는 것은 그저 병상에서 죽어가는 카미유를 지켜보는 것뿐이었다. 모네는 그 순간에도 붓을 놓지 않았다. 그는 이제까지 그래왔던 것처럼 자신의 사랑하는 아내 카미유에게서 빛과 그림자를 찾아 화폭에 담기 시작했다. 하지만 그녀는 더 이상 말이 없었다.

카미유와 사별한 후 모네는 자신의 후원자였던 오슈데의 아내 알리스와 재혼했지만 그녀를 모델로 그린 그림들은 아주 적으며 카미유를 그렸을 때만큼의 애정은 느껴지지 않는다. 모네의 마음은 카미유 단 한 사람만을 진정한 모델로 받아들였기 때문이다. 빛과 그림자가 번갈아 드리워진 모네의 인생을 함께한 카미유는 그의 그림 속에서 영원한 빛으로 남아 있다.

양산을 쓴 여인(산책)
100×81cm, 캔버스에 유채, 워싱턴 국립 미술관, 1875년

그림과 광기 사이

상상력의 천재들

;

미지의 어둠 속에서 찾아낸 신비로움
파울 클레 〈황금 물고기〉

Paul Klee

"예술은 보이는 것을 재현하는 것이 아니라
보이지 않는 것을 보이게 하는 것이다."

황금 물고기 The Goldfish

50×69cm, 마분지에 유채와 수채, 함부르크 아트센터, 1925년

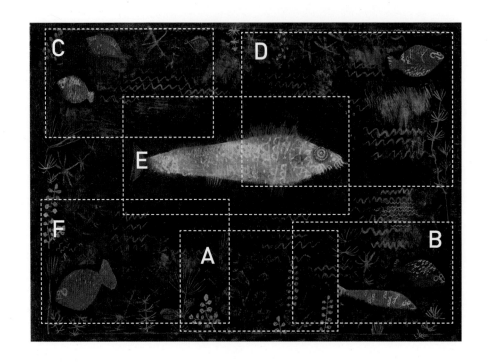

아마 당신도 신비롭고 아름다운 화풍에
취하게 될 것이다.

A. 독특한 화풍

파울 클레가 신비로운 화폭 속으로 여러분을 초대한다. 뛰어난 음악가이자 창조적 화가인 클레는 여러 가지 미술적 실험을 시도했다. 표현주의, 입체주의, 초현실주의 등 여러 사조를 거치며 완성된 그의 화풍은 얼핏 보면 어린아이가 그려놓은 듯한 분위기를 풍기기도 한다. 이 작품 〈황금 물고기〉는 그 분위기가 어떤 것인지 느끼기에 충분하다.

이곳은 깊고 깊은 바닷속이다. 얼마나 깊은지 바다 특유의 투명한 빛깔을 잃고 칠흑 같은 어둠 속에 잠겨 있다. 심해 바닥에서 자라고 있는 물풀들은 은은한 푸른빛으로 어둠을 밝히며 간간이 모습을 드러낸다.

B. 두 마리의 물고기

깊은 바닷속의 정적을 깬 것은 이 물고기들이다. 주홍색 물고기 두 마리가 나울거리는 물풀들 사이를 스치고 지나간다. 두 마리의 물고기 모두 같은 방향으로 이동 중인 것으로 보아 이 물고기들은 뭔가를 피해 도망가고 있는 것 같다.

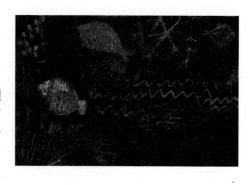

C. 자유롭게 움직이는 푸른 선

상단에 보이는 물고기 두 마리도
같은 곳을 향해 헤엄친다. 물고기
들은 구석으로 헤엄치면서 잔물결

을 일으키고 있는데 그것은 푸른 선으로 간략하게 표현되어 있다. 클레의 작품은 흔
히 선과 형태의 결합이라고 할 정도로 선이 중요한 역할을 한다. 간략하게 표현된 저
푸른 선이 율동감에 힘입어 넘실넘실 춤을 추고 있는 것이 보이는가?

D. 황금빛의 생명력

고요가 내려앉은 이 공간을 잠시 동안 혼란에 빠뜨린 물고기가 정체
를 드러낸다. 아까 보았던 작은 물고기들과 뚜렷하게 대조되는 외형
의 이 물고기가 바로 그림의 주인공인 황금 물고기다. 황금 물고기의
존재 자체가 이곳의 풍경을 바꾸어놓았다. 차갑고 어두운 바닷속은
어느새 황금빛의 생명력으로 가득 차게 되었다.

E. 황금 물고기의 신비로움

한 치 앞도 보이지 않는 어둠은
오히려 황금 물고기를 돋보이
게 한다. 붉은색의 강렬한 눈과
지느러미는 황금빛 몸체를 더욱 빛나게 하며 게르만족의 룬문자를 새겨 넣은 듯한 비
늘은 알 수 없는 신비로움을 내뿜고 있다.

F. 비밀스러운 아름다움

우리는 이 진귀한 물고기가 비밀스러운 세계에서 펼치는 신비로움
을 쉽게 이해하지 못할 것이다. 하지만 그 신비로움은 그 자체만으로
도 아름답다. 차가운 어둠 사이를 지나고 푸른빛의 물풀들 사이를 지
나고 주홍색 물고기들 사이를 지나, 마침내 우리는 이곳에서 신비로
움이라는 새로운 아름다움을 찾아낼 수 있다.

파울 클레
Paul Klee 1879~1940

스위스 태생의 파울 클레는 현대 추상 미술의 시조로 불립니다. 그는 표현주의, 입체주의, 초현실주의 등 여러 미술사조를 거치며 유례를 찾아볼 수 없는 개성적인 화풍을 만들어냈습니다. 클레는 어린 시절에 화가가 될 생각이 전혀 없었습니다. 음악가를 꿈꿨던 그는 베른시립교향악단에서 대리 연주자로 활동할 정도로 음악적 재능이 뛰어났습니다. 하지만 그림에 흥미를 가지면서 뮌헨에 있는 미술 학교에서 공부하며 상징주의 미술의 대가 프란츠 폰 슈투크의 지도를 받았습니다.

1911년에는 바실리 칸딘스키나 프란츠 마르크가 이끌던 청기사파에도 참여했지만 날마다 새로움을 찾던 클레는 얼마 지나지 않아 독자노선을 걷기 시작했습니다. 그 후 1921년부터 1931년까지는 독일의 종합 미술 학교인 바우하우스에서 교수로 재직했고 뒤셀도르프 아카데미에서도 잠시 동안 교수로 지냈지만 나치에게 유대인 작가로 낙인찍혀 고향으로 돌아갔습니다. 만년의 클레는 병세가 심각한 중에도 그림을 놓지 않았고, 무려 9,000점에 이르는 많은 작품을 남긴 채 세상을 떠났습니다.

〈지저귀는 기계〉 1922년

;

절망의 숲을 빠져나가다
프리다 칼로 〈상처 입은 사슴〉
Frida Kahlo

"사람들은 나를 초현실주의 작가라고 하지만 난 그렇지 않다.
나는 꿈을 그린 적이 전혀 없다. 나는 현실을 그렸을 뿐이다."

상처 입은 사슴 The Wounded Deer
22×30cm, 메이소나이트에 유채, 개인 소장, 1946년

그녀가 절망과 공포의 숲에 갇혀
곧 쓰러질 거라 생각하고 있는가?
그림 어디선가 들려오는 희망의 소리에
귀를 기울여보기 바란다.

A. 좌절과 실망의 표현

이 그림을 제작한 해인 1946년
프리다 칼로는 극심한 허리 통증에서 벗어나고자 뉴욕의 한 병원에서
대수술을 감행했다. 하지만 결과는 실패로 끝났고 이 그림은 수술 실
패에 따른 실망과 좌절을 표현한 듯하다. 당시 그녀는 걷는 데도 어려
움을 겪고 있었는데 유사하게도 그림 속 사슴은 상처 입은 듯 오른발
을 들어 올리고 있다. 이것은 선천적 장애와 교통사고 때문에 탈골로
고통 받던 칼로의 오른발을 표현한다.

B. 부러진 나뭇가지

프리다 칼로는 자신의 건강이
계속 악화되고 있다는 것을 정
확하게 인지하고 있었다. 그녀
는 그림 하단에 부러진 나뭇가지를 그려 넣었는데, 이는 무덤 위에 부러진 나뭇가지
를 올려놓는 멕시코 전통에 근거하여 '다가오는 죽음'으로 해석할 수도 있다. 그림 가
장 오른쪽에 있는 나무는 부러진 나뭇가지가 어디에서 꺾여 떨어졌는지 알려주는 유
일한 단서이다. 나머지 나무들은 마치 죽은 나무처럼 잎사귀 하나 없이 앙상한 나뭇
가지만을 드러내고 있다.

C. 아스텍의 고대 전승

교통사고 후유증으로 아이를 낳을 수 없었던 칼로는 아이를 대신해 온갖 동물들을 키웠는데 그중 사슴을 가장 좋아했다. 그림 중앙의 사슴은 자신이 키우던 '그라니소'를 모델로 그린 것이다. 하지만 이 사슴은 프리다 칼로가 속한 문화권인 아스텍의 고대 전승과도 연결된다. 그 전승에 따르면 신체의 일부와 특정 동물은 밀접한 관련이 있는데 오른발은 사슴을 상징했다. 또한 아스텍 달력과도 연관성이 있는데 한 달을 20일로 정하는 아스텍 달력의 각 날에는 사슴을 상징하는 날도 있다.

D. 반복적으로 표현된 숫자 9

흥미롭게도 이 그림에는 9라는 숫자가 여러 번 반복적으로 표현되어 있다. 사슴의 왼쪽에 나란히 들어선 나무들은 모두 아홉 그루이며, 사슴의 몸에 박혀 있는 화살도 모두 아홉 개, 사슴의 뿔도 모두 아홉 개다. 이것이 화가의 의도인지 아니면 우연의 일치인지는 확신할 수 없지만 프리다 칼로가 아스텍 달력으로 9일에 태어났다는 사실이 전자에 설득력을 실어준다.

E. 카르마

그림의 왼쪽 하단의 서명과 제작년도 옆에는 업(業)을 뜻하는 '카르마'라는 단어가 적혀 있는데 그녀 스스로는 자신의 운명을 바꿀 수가 없다는 표현이다. 극도로 고통스러운 삶을 살았지만 그것을 운명으로 받아들이고 끝까지 작품 활동을 이어간 프리다 칼로의 마음속 한편에는 분명 희망이 존재했을 것이다. 그리고 그런 희망은 그림 속에 고스란히 또는 슬며시 반영되기 마련이다.

F. 희망의 소리

번개 치는 하늘은 사실 부정적인 의미로 사용되는 경우가 많지만 이 그림에서는 유일하게 긍정적이고 희망적인 요소로 작용한다. 밝은 분위기로 묘사된 맑은 하늘과 번개 치는 새하얀 구름은 마치 절망의 돌파구처럼 희망적으로 보인다. 두려움과 절망으로 가득 찬 숲속에서 상처 입은 채 길을 잃고 헤매던 그녀는 분명 등 뒤에서 나는 천둥소리를 들었을 것이다. 그리고 천둥소리가 들린 곳으로 몸을 돌려 울창한 숲을 벗어나 마침내 희망의 바다에 도착했을 것이다.

프리다 칼로

Frida Kahlo 1907~1954

프리다 칼로는 멕시코로 이주한 유대계 독일인 사진작가 기예르모 칼로와 메스티소인 마틸데 칼데론 사이에서 태어났습니다. 그녀는 6세 때부터 소아마비를 앓아 오른쪽 다리를 절었고 또래 아이들에게 '나무다리 프리다'라고 놀림을 받았습니다. 프리다 칼로의 아버지는 딸이 여러 가지 운동을 할 수 있게 용기를 북돋아주었고 활동적으로 움직이다 보니 프리다 칼로의 병도 점차 호전되었습니다.

1922년 칼로는 멕시코 최고의 교육 기관이었던 에스쿠엘라 국립 예비 학교에 입학했고 이 무렵 학교 강당에 벽화를 그리러 온 디에고 리베라와 처음 만났습니다. 하지만 칼로의 즐거웠던 학교생활은 1925년 하굣길에 탄 버스가 전차와 충돌하면서 막을 내리게 됩니다. 당시 18세였던 칼로는 그 사고로 전신 깁스를 한 채 오랫동안 침대에 누워 있어야 했고 그때부터 거울에 비친 자신의 모습을 보며 자화상을 그리기 시작했습니다. 그 후 칼로에게 두 번째로 큰 사건이 일어나는데, 바로 디에고 리베라와 결혼한 것입니다. 디에고 리베라는 여성 편력으로 유명했고 결혼 후에 칼로의 여동생과 애정 행각을 벌이기도 합니다. 하지만 칼로는 깊은 상처와 배신감에도 결코 리베라를 떠날 수 없었고, 고통과 고독 속에서 그림으로 시간을 달래다가 1954년 7월 13일 생을 마감합니다.

〈벌새와 가시 목걸이를 한 자화상〉 1940년

;

미지의 공간에 재현된 무의식의 세계
이브 탕기 〈엄마, 아빠가 다쳤어요!〉
Yves Tanguy

"그림은 내 눈앞에서 변화하며 계속해서 놀라운 것들을 펼쳐놓는다.
이것은 나에게 완전한 자유를 준다. 그래서 나는 구상이나 스케치를 할 수 없다."

엄마, 아빠가 다쳤어요! Mama, Papa is Wounded!
92×73cm, 캔버스에 유채, 뉴욕 현대 미술관, 1927년

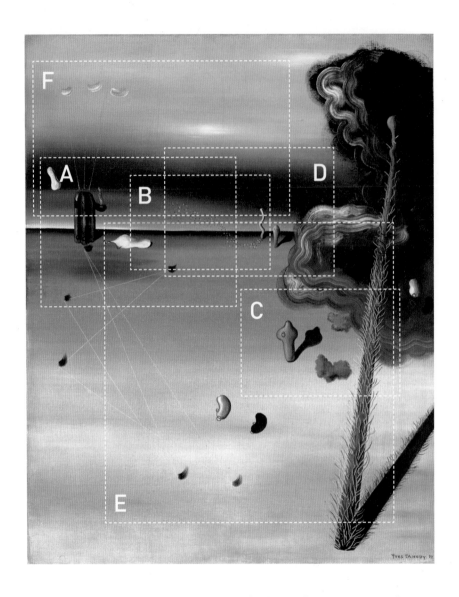

엄마, 아빠, 아이가 누구인지는 아무도 모른다.
그러니 마음껏 추측해볼 수 있다.

A. 탕기의 독특한 작품

〈엄마, 아빠가 다쳤어요!〉는 탕기의 가장 인상적인 작품 중 하나다. 제목 또한 그림 못지 않게 인상적이다. 탕기는 어느 날 오후 초현실주의 그룹의 리더이자 친구인 안드레 브레통과 함께 시간을 보내며 작품의 제목에 어울릴 만한 것을 찾기 위해 정신의학 서적을 읽고 있었다. 그러던 중 찾은 한 정신과 사례 연구가 자신의 그림과 어울린다고 생각한 탕기는 그림에 〈엄마, 아빠가 다쳤어요!〉라는 재미있는 제목을 붙였다.

작품의 배경은 심해나 우주 공간을 연상시킨다. 그림 왼쪽에는 금빛으로 빛나는 줄이 선인장을 닮은 물체를 관통하며 실뜨기를 하듯 묶여 있고, 뼈처럼 생긴 유기체들이 부유하거나 바닥에 붙어 흐느적거리고 있다.

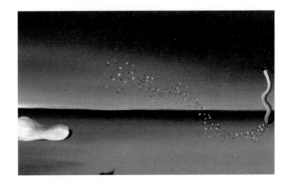

B. 기묘한 형상

이 공간에는 심해의 괴생물체보다 더 기묘한 형상들이 신비로운 매력을 뿜어내고 있다. 상당한 시간을 바다에서 보낸 탕기에게 바닷속 이미지들은 작품의 주된 주제가 되었다.

C. 무의식의 영역

탕기의 작품 속에는 콩 모양의 형체나 아메바, 해초, 해면 생물을 닮은 기묘한 형체들이 반복해서 등장한다. 그 이질적인 형체들은 특정 물체의 모습을 반영하기도 하지만 대부분은 의미가 담겨 있지 않은 이미지로서 무의식의 영역을 표현한다.

D. 작품의 영감을 얻다

선사 시대에나 있을 법한 바위들도 반복적으로 등장하는데 이는 길쭉한 돌을 땅 위에 세워 신앙의 대상으로 삼았던 거석 기념물을 연상시킨다. 탕기가 어린 시절에 자주 놀러 갔던 피니스테르 지역에는 선사 시대의 거석 유적이 있었다. 탕기는 성장한 후에 친구들과 다시 그곳을 찾았고 그곳에서 본 거석 유석에서 영감을 얻곤 했다.

E. 알 수 없는 이미지

상처 입은 해면 생물처럼 뭔가를 내뿜고 있는, 털이 수북한 기둥은 남근상을 닮아 아빠의 이미지를 표현하고 있을 수도 있다. 기둥 앞의 콩 같은 물체는 "엄마, 아빠가 다쳤어요!"라고 외치며 다급하게 펄쩍 뛰고 있는 것 같아 보이기도 한다. 하지만 이 작품 속에서 엄마와 아빠, 아이가 누구인지 정확하게 알아낼 방법은 없다. 탕기가 그림을 그린 후 제목을 붙였다는 사실에서 알 수 있듯이, 그림을 구상할 때 제목에 나오는 것처럼 엄마와 아빠 그리고 소리치는 아이의 이미지를 염두에 두지 않은 채 그렸기 때문이다.

F. 무의식의 세계

탕기는 무의식 상태에서 손이 움직이는 대로 그리기 때문에 이성적인 관점에서 그림을 설명하는 것은 사실상 불가능하다. 감상자에게 허락된 것은 해석이 아니라 감상이다. 탕기가 창조해낸 기묘한 형체의 생물들과 신비로운 유기체들은 비현실적인 공간에서 창조되어 무의식의 세계를 투영하고 있다.

이브 탕기

Yves Tanguy 1900~1955

퇴직한 해군 대령의 아들로 태어난 이브 탕기는 아버지의 영향을 받았는지 어린 시절부터 바다로 나가고 싶어 했습니다. 청년이 된 그는 상선의 선원으로 일하면서 그 꿈을 이뤘고, 세계 곳곳의 바다를 누비며 경험을 쌓다가 프랑스 해군에 입대했습니다. 제대 후 다시 파리로 돌아온 탕기는 그림 그리는 일에 조금씩 관심을 가졌지만, 예술과 거리가 먼 젊은 시절을 보냈기에 아직은 열정이 부족했습니다.

1923년 어느 날, 탕기는 인생의 전환점을 맞게 됩니다. 버스를 타고 이동하던 그는 갤러리의 진열창으로 보이는 그림을 보고 자신의 눈을 의심했습니다. 지금까지 자신이 본 적 없는 특이한 그림이었습니다. 그는 버스에서 뛰어내려 갤러리에 들어가 그림을 가까이서 살펴봤습니다. 그 그림은 조르조 데 키리코의 작품이었습니다. 신선한 그 그림에 너무도 큰 충격을 받은 탕기는 화가가 되기로 결심하고 초현실주의 그룹에 들어갔습니다. 그는 공식적인 미술 교육 없이 독학으로 그림을 배웠지만 얼마 후 자신만의 독창적인 표현 양식을 확립하여 초현실주의 그룹의 중심 화가로 떠올랐습니다.

〈폭풍우 : 검은 풍경〉 1926년

;

정물들이 초상화가 되다
주세페 아르침볼도 〈사계〉
Giuseppe Arcimboldo

"어느 누구도 아르침볼도와 비슷한 그림을 만들어낸 적이 없었다."

봄 Spring
76×63cm, 캔버스에 유채, 루브르 박물관, 1573년

여름 Summer
76×63.5cm, 캔버스에 유채, 루브르 박물관, 1573년

가을 Autumn
76×63cm, 캔버스에 유채, 루브르 박물관, 1573년

겨울 Winter
76×63cm, 캔버스에 유채, 루브르 박물관, 1573년

아르침볼도는 그림의 기법을 연구하는 것보다
얼굴을 이루고 있는 정물들을 연구하는 데
더 많은 시간을 보냈을 것이다.

A. 꽃

이 작품은 '봄'을 주제로 그린 초상화다. 머리와 얼굴은 물론 입고 있는 옷까지 모두 꽃으로 되어 있다. 르네상스 시대에는 각 계절을 상징하는 식물을 그림에 넣어 계절을 표현하는 방식이 널리 유행했다. 봄을 상징하는 식물은 '꽃'이었다. 초상화를 구성하고 있는 꽃들은 모두 봄에 피는 것들이다. 다양한 종류의 아름다운 꽃들이 그림 분위기를 화사하고 따뜻하게 만들고 있다.

B. 밀 이삭

여름을 상징하는 식물은 '밀 이삭'이었다. 상반신은 밀 이삭과 짚단으로 이루어져 있으며 화가의 이름과 제작 연도를 짚으로 수놓았다. 체리는 눈을, 오이는 코를, 강낭콩은

입을, 복숭아는 뺨을, 감자는 턱을 나타내고 있다. 신
선하고 풍성한 과일과 채소들을 통해 제철 과일과 채
소가 풍성한 계절인 여름을 정확하게 표현했다.

C. 포도송이

'포도송이'는 가을을 상징하는 식물이었다. 잘 익은 호박이
모자처럼 씌워져 있으며 왕관의 모습처럼 그 둘레를 탐스
러운 포도송이와 포도 잎이 감싸고 있다. 사과와 배, 석류와
무화과 등 가을철 과일과 채소들이 얼굴을 이루며 밤송이
와 수수가 멋들어진 수염을 장식하고 있다. 황색 계열의 색
들이 결실의 계절로 불리는 가을의 이미지와 잘 어울린다.

D. 고목과 갈라진 피부

겨울의 모습을 담은 이 초상화는 다른 계절의 초상화와는 다른 느낌이 든다. 몸을 앙상한 가지만 남은 고목으로 표현했고 갈라진 피부는 노년의 모습을 보는 듯하다. 화가는 〈봄〉은 유년 시절을, 〈여름〉은 청년 시절을, 〈가을〉은 중년의 모습을, 〈겨울〉은 노년의 모습으로 그려내어, 사계절을 통해 인생의 네 단계를 표현했다. 하지만 이런 독특하고 참신한 열정은 그가 세상을 떠난 후 곧 잊혔다. 그러다가 몇백 년이 흐른 후에야 그의 독특한 초상화는 재평가되었고 살바도르 달리나 마르셀 뒤샹 같은 초현실주의 작가들에게 많은 영향을 주었다. 아르침볼도의 초상화에서 영감을 받아 탄생한 초현실주의 작가들의 기발한 작품들은 그의 창조적인 시도가 맺은 결실이다.

주세페 아르침볼도
Giuseppe Arcimboldo 1527(?)~1593

주세페 아르침볼도의 아버지 비아조 아르침볼도는 밀라노에서 활동하던 화가였습니다. 아르침볼도는 자연스럽게 예술적인 영향을 받으며 성장했고 21세에는 아버지와 함께 밀라노 대성당의 스테인드글라스와 프레스코화 작업을 하면서 본격적으로 예술 활동을 시작합니다. 뛰어난 솜씨와 감각을 인정받은 그는 얼마 후 합스부르크가의 페르디난트 1세의 눈에 띠어 궁정 화가로 임명되었습니다. 아르침볼도는 페르디난트 1세 다음으로 즉위한 막시밀리안 2세의 궁정 화가로도 일하면서 초상화를 여러 정물로 조합하는 실험을 했습니다. 다행히도 막시밀리안 2세는 아르침볼도의 기발한 생각과 창의력을 높이 샀고 예술 실험을 다양하게 할 수 있도록 환경을 마련해주었습니다.

하지만 모두가 아르침볼도를 높이 평가한 것은 아니었습니다. 동시대의 많은 사람들이 아르침볼도의 특이한 그림을 보고 제정신이 아니라고 생각했고 곧 그의 이름은 사람들의 머릿속에서 사라졌습니다. 하지만 몇백 년이 지난 후 그의 창의력은 초현실주의 화가들에게 칭송받으며 재평가되었습니다.

〈도서관 사서〉 1566년경

;

보이지만 들리지 않는 비명을 담다
에드바르 뭉크 〈절규〉

Edvard Munch

"고통과 두려움이 없었다면
나는 아무것도 이룰 수 없었을 것이다."

절규 The Scream
91×73cm, 판지에 유채·템페라·파스텔, 오슬로 국립 미술관, 1893년

당신에게도 뭉크의 비명이 들리는가?

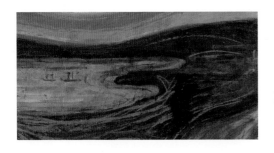

A. 그림의 배경

그림의 배경이 된 곳은 노르웨이 오슬로의 남동쪽에 위치한 에케베르그 언덕이다. 오슬로 시내가 한눈에 내다보이는 에케베르그 언덕은 오슬로 시민들뿐 아니라 풍경 화가들에게도 인기 있는 장소였다. 실제로 뭉크가 그림을 그렸던 곳으로 추정되는 곳에서 오슬로 시내 쪽을 바라보면 그림처럼 두 개의 만을 끼고 있는 도시와 피오르가 보인다. 그리고 이 그림에는 선명하게 보이지 않지만 석판화 버전에서는 뚜렷하게 보이는 첨탑도 볼 수 있다.

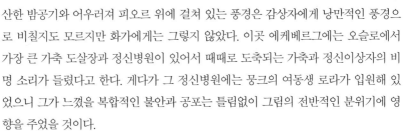

B. 복합적인 불안과 공포

붉게 물든 석양이 저물녘의 스산한 밤공기와 어우러져 피오르 위에 걸쳐 있는 풍경은 감상자에게 낭만적인 풍경으로 비칠지도 모르지만 화가에게는 그렇지 않았다. 이곳 에케베르그에는 오슬로에서 가장 큰 가축 도살장과 정신병원이 있어서 때때로 도축되는 가축과 정신이상자의 비명 소리가 들렸다고 한다. 게다가 그 정신병원에는 뭉크의 여동생 로라가 입원해 있었으니 그가 느꼈을 복합적인 불안과 공포는 틀림없이 그림의 전반적인 분위기에 영향을 주었을 것이다.

C. 뭉크의 일기

뭉크가 남긴 1892년 1월 22일자
일기는 당시 그의 감정을 생생하
게 전달하고 있다. "어느 해질녘, 나는 친구 둘과 함께 길을 걸어가고 있었다. 그런데
갑자기 하늘이 핏빛으로 물들었다. 나는 그 자리에 멈춰 지친 몸을 난간에 기대어 섰
다. 암청색 도시와 피오르 위로 핏빛 하늘이 불길처럼 치솟았다. 하지만 내 친구들은
계속 걸어갔고, 나는 그 자리에 남아 두려움에 떨었다. 그리고 그때 헤아릴 수 없이
크고 무한한 비명 소리가 자연을 뚫고 지나가는 것을 느꼈다."

D. 내면에 내재된 감정 표출

뭉크가 보았던 불길처럼 치솟는
핏빛 하늘은 과연 무엇이었을까? 2003년 몇몇 천문학자들은 이 그
림에 묘사된 핏빛 하늘은 역사상 최대의 화산 폭발로 꼽히는 1883년
크라카타우 화산 폭발 이후의 노르웨이 상공을 묘사했다고 주장했
다. 실제로 폭발이 일어난 후 전 세계 여러 곳에서 높은 대기층에 갇
힌 화산재와 가스 때문에 눈부신 일몰 광경을 볼 수 있었다고 한다.
하지만 뭉크가 남긴 예술적 행적들은 그가 자연 현상을 묘사하는 데
전혀 관심이 없었다는 것을 증명한다. 그의 관심은 오직 자신의 내면
에 내재된 감정을 표출하는 데 있었다.

E. 절망과 슬픔으로 가득했던 내면

뭉크의 작품 대부분은 공포와 광기, 슬픔과 죽음, 의심과 질투 등의 어두운 요소로 가득 차 있다. 그는 어린 시절에 이미 어머니와 누나를 잃었지만 가족들의 불행한 죽음은 계속 이어졌다. 어린 나이의 정신병 판정을 받은 여동생 로라는 정신병원에서 죽음을 맞았으며 동생들 중 유일하게 결혼했던 안드레아는 결혼한 지 몇 달 만에 사망했다. 절망과 슬픔으로 가득했을 뭉크의 마음을 헤아리며 그림을 보니, 그의 내면의 절규가 더욱더 생생히 메아리치며 들려오는 듯하다.

F. 보편적인 감정을 표현하다

여러 대중매체에 등장하고 수없이 패러디되어 대중에게 친숙한 이 그림은 이미 익살스러운 이미지로 각인되었을지 모르지만 몇몇 사람들은 '마음의 상처'라는 보편적인 감정을 표현한 이 그림에 공감하며 위로를 얻는다. 화가의 내면의 소리를 정확하게 대변하는 이 그림은 현대 미술의 아이콘으로서 우리 시대의 모나리자가 되었다.

에드바르 뭉크
Edvard Munch 1863~1944

노르웨이 뢰텐에서 태어난 에드바르 뭉크의 유년 시절은 불안과 공포의 연속이었습니다. 뭉크가 5세가 되던 해 어머니는 결핵으로 사망했고 다음 해에는 누나 소피에도 같은 병으로 사망했습니다. 그후 남겨진 아이들은 이모인 카렌과 아버지가 돌보게 됩니다.

뭉크의 아버지는 아이들이 잠들기 전 역사나 문학 그리고 가끔은 재미를 위해 에드거 앨런 포의 괴기스러운 공포 이야기를 들려주던 자상한 아버지였습니다. 하지만 아내의 죽음이 가져온 슬픔을 신앙의 힘으로 극복하려고 하면서 점점 광적으로 변해갔습니다. 특히 아이들을 꾸짖을 때마다 어머니가 하늘에서 지켜보며 슬퍼하고 있다고 각인시켰는데, 이러한 영향으로 뭉크는 무서운 악몽을 꾸거나 소름 끼치는 환상을 보곤 했으며 죽음에 대한 공포에 시달렸습니다.

그후 이 모든 공포의 기억과 죽을 때까지 그를 괴롭혔던 불안과 절망은 뭉크 작품의 주된 주제가 되었습니다. 내밀한 인간의 경험을 충실하게 전달하고자 했던 뭉크는 생전에 유럽 전역에 이름을 떨쳤고, 고국에서 영웅 대접을 받았으며 노르웨이를 대표하는 예술가가 되었습니다.

〈불안〉 1894년

;

고요 속에 잠든 신비의 향연
앙리 루소 〈잠자는 집시〉
Henri Rousseau

"나에게 자연을 관찰하고 그림을 그리는 것만큼 행복한 일은 없다."

잠자는 집시 The Sleeping Gypsy
129×200cm, 캔버스에 유채, 뉴욕 현대 미술관, 1897년

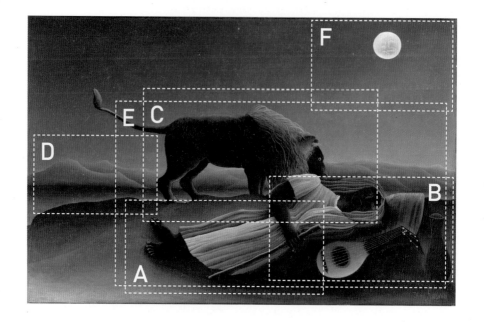

순수한 어린아이가 꿈을 꾼다면
바로 이 그림 속 풍경 같은 꿈을 꿀 것이다.

A. 사막의 밤

뜨거운 열기로 가득했던 이 사
막에도 어김없이 밤이 찾아왔다. 고된 하루를 보낸 집시 여인은 피곤
을 견디지 못하고 거친 모래 위에 담요 한 장만 깔아놓은 채 그대로
누워 잠들었다. 그녀는 얼마나 먼 거리를 여행하고 있는 것일까? 손
에 쥐어진 지팡이가 기나긴 여정을 대신 말해주고 있는 듯하다. 이 지
팡이는 긴 여행길에서 그녀의 지친 몸을 지지해주는 유일한 물건, 깊
은 잠에 빠져서도 손에서 놓지 못할 소중한 것이다.

B. 만돌린과 물병 항아리

여인의 온몸에는 하루의 피로
가 짙게 묻어 있지만 잠든 얼
굴은 마치 황홀한 꿈을 꾸는
듯 평온해 보인다. 신비로운 분위기를 자아내는 이 여인의 정체는 무엇일까? 머리맡
에 놓여 있는 만돌린과 물병 항아리 그리고 그녀가 입은 화려한 줄무늬 옷이 실마리
가 될 것 같아 보이지만 사실 이것들은 조화롭지 못하다. 물병 항아리와 줄무늬 드레
스는 중동권 문화를 표현하는 소재인 반면, 만돌린은 이탈리아 문화를 표현하는 데
사용하던 소재이기 때문이다. 하지만 루소에게 그러한 사실은 별로 중요하지 않았던
것 같다. 그는 두 문화를 하나로 혼합하여 신비로운 등장인물을 창조해냈다.

C. 사자

고요한 사막을 비추는 달과
별들이 시적인 분위기를 자아
내고 있을 때 어디선가 사박

사박 모래를 밟는 소리가 들리기 시작한다. 마침 그곳을 지나가던 사자의 발자국 소
리다. 사자는 잠시 여인의 냄새를 맡고 그녀에게 다가가서 코를 킁킁거리지만 깊은
잠에 빠진 집시 여인은 미동조차 하지 않는다. 사자는 그녀를 해치지 않을 것이다. 루
소가 이 작품에 이러한 부제를 붙였기 때문이다. '아무리 사나운 육식동물이라도 지
쳐 잠든 먹이는 덮치는 것을 망설인다.' 루소는 자신이 그린 사자가 위협적으로 느껴
지기를 바랐던 것 같다. 하지만 그림 속 사자는 맹수라기보다 환상 세계에서 나온 신
비로운 동물에 가까워 보인다.

D. 신비롭고 환상적인 분위기

루소가 사막 위에 배치한 이미지
들은 사실적으로 묘사되어 있지만
서로 조화를 이루지 못하고 낯설게 느껴지며, 동화의 한 장면 처럼
신비롭고 환상적인 분위기를 풍긴다. 이러한 이유로 루소는 초현실
주의 화가들에게 아버지와 같은 존재로 떠받들어지기도 한다. 하지
만 이 사실을 루소가 알았다면 화를 낼지도 모르겠다. 그는 사실주의
화가라는 칭호를 원했고 자신이 그러하다고 굳게 믿었기 때문이다.

E. 초현실주의와 입체주의의 공존

이 작품 속에는 초현실주의적 요소뿐만 아니라 입체주의적 요소도
공존하고 있다. 집시 여인은 위에서 내려다본 모습이며 사자는 옆에
서 본 모습, 물병 항아리는 평면적인 형태를 갖추고 있다. 또한 야수
파의 견고한 색채가 느껴지기도 한다. 하지만 루소는 어떠한 미술 유
파나 운동에도 속하지 않았다.

F. 루소의 순수한 열정

루소는 그림을 전문적으로 배운 다른
화가들과 달리 기법이나 묘사가 서툴
렀지만, 그가 구현한 상상의 공간과 단
순한 형태, 견고한 색채 등은 피카소, 칸딘스키, 마티스 같은 현대 화
가들에게 큰 영향을 미쳤다. 독특한 그의 예술 세계는 현대에도 많은
대중의 사랑을 받고 있다. 그림에 대한 순수한 열정을 가지고 있던 루
소는 풍부한 상상력으로 어린아이의 꿈 같은 장면들을 캔버스에 담았
고 그림을 보는 모든 이에게 꿈꾸는 듯한 환상 여행을 선사한다.

앙리 루소
Henri Rousseau 1844~1910

'일요화가'란 주말이 되면 붓을 들고 스스로 터득한 방법으로 그림을 그리는 사람을 가리킵니다. 그리고 그 '일요화가'의 대명사가 바로 앙리 루소입니다. 루소는 고향에서 고등학교를 다닌 것 외에 다른 교육을 받은 바가 없습니다. 파리 세관에서 일하던 루소는 시간이 날 때마다 틈틈이 그림을 그리며 최고의 화가를 꿈꾸었습니다. 루소는 41세 되던 해인 1885년부터 공식적으로 작품을 발표했지만 그에게 돌아온 것은 대중의 조소뿐이었습니다.

루소는 장 레옹 제롬과 같은 아카데미 화가들의 사실적인 작품들을 동경했고 자신의 그림도 그들만큼 사실적이라고 믿었습니다. 하지만 루소의 바람과 달리 그의 작품들은 사실주의와 거리가 먼 피카소나 들로네 같은 실험적인 예술가들의 찬사를 받았고, 그들의 지원으로 대중의 관심을 끌게 되었습니다. 이렇게 그는 오랫동안 고대해왔던 성공을 살아생전에 맛보게 되었고, 한때 조롱거리가 되기도 했던 작품들은 초현실주의와 입체주의, 원시주의에 이르는 현대 미술의 교과서가 되었습니다.

〈뱀을 부리는 여인〉 1907년

;

바다, 무수한 색채의 점들로 되살아나다
폴 시냐크 〈파도〉
Paul Signac

"분할주의는 복합적인 체계가 만들어내는
조화이자 심미적인 것이다."

스케르초(작품 번호 218) Scherzo
65×81cm, 캔버스에 유채, 개인 소장, 1891년

라르게토(작품 번호 219) Larghetto
66×81cm, 캔버스에 유채, 개인 소장, 1891년

알레그로 마에스토소(작품 번호 220) Allegro Maestoso
65×81cm, 캔버스에 유채, 메트로폴리탄 미술관, 1891년

아다지오(작품 번호 221) Adagio
65×81cm, 캔버스에 유채, 뉴욕 현대 미술관, 1891년

프레스토 : 피날레(작품 번호 222)
Presto : Finale
66×82cm, 캔버스에 유채, 개인 소장, 1891년

우리도 일상의 사소한 점들을 모아
인생이라는 아름다운 그림을
완성하고 있는지도 모른다.

A. 스케르초(작품 번호 218)

시냐크는 항구와 바다 풍경을
많이 그렸다. 항해하는 것을 좋아했던 그는 유럽 전역을 항해하면서
스케치한 바다와 항구를 작품으로 남겼다. 뜨거운 태양빛을 머금은 채
이리저리 출렁이는 파도와 그 위에 사뿐히 올라선 작은 배들은 원색의
순수한 점들 때문에 더욱 싱그러워 보인다.

B. 라르게토(작품 번호 219)

시냐크는 작품 번호와 음악 기
호를 통해 그림과 음악을 연
결하고자 했고, 그러한 노력은
1893년까지 계속되었다.

그의 그런 시도 중 가장 뛰어난 작품을 꼽자면 1891년 여름, 콩카르노의 작은 바닷가
마을에서 그린 다섯 점의 바다 풍경화이다. 이 작품들에는 모두 작품 번호가 매겨져
있으며 음악의 빠르기말을 제목으로 붙였다. 시냐크는 이 작품들을 통해 일련의 그림
으로 이루어진 교향곡을 표현하고 싶었던 것 같다. 다섯 점의 그림은 5악장의 교향곡
과 같다.

C. 알레그로 마에스토소

(작품 번호 220)

다섯 점의 그림은 교향곡의 악장처럼 서로 연결되며 일관성을 보인다. 모두 수평선이 하늘과 바다를 나누고 있으며 노란색, 오렌지색, 파란색, 보라색을 주로 사용했고, 배가 반복적으로 등장한다는 공통점이 있다.

D. 아다지오(작품 번호 221)

'아다지오'는 느리게 연주하라는 뜻으로, 정적이고 부드러운 그림의 분위기는 제목과 어울린다. 이 그림도 역시 노란색, 오렌지색, 파란색, 보라색을 사용하여 시냐크만의 색채감을 보여준다. 수평선 근처에 모여 있는 배들은 모두 같은 형태를 지니고 있는데, 이미지의 반복을 통해 리듬감을 표현하고자 한 작가의 의도가 돋보인다.

E. 프레스토 : 피날레(작품 번호 222)

여기서도 같은 이미지가 반복된다. 하지만 크기가 조금 커졌고 색채 또한 강렬하다. 이는 음의 강약이나 세기 변화를 표현한다. 매우 빠르게 연주하라는 뜻인 '프레스토'를 그림의 제목으로 삼아, 화려하고 열정적으로 그림의 '피날레'를 장식했다. 그리고 제목에 걸맞게 그림은 강렬하고 긴장감이 넘친다. 수평선 위로는 사나운 폭풍우가 몰아치고 짙은 보라색 돛을 단 배는 거센 바람 때문인지 위태롭게 기울어져 있다. 시냐크는 그림으로도 음악적 요소를 충분히 전달할 수 있다고 믿었다. 〈파도〉 연작을 보고 음악적 분위기를 상상할 수 있다면 시냐크의 의도는 성공한 것이다. 무수한 점들로 이루어진 음들이 연주하는 웅장한 오케스트라가 들리는가.

폴 시냐크
Paul Signac 1863~1935

폴 시냐크는 파리의 부유한 가정에서 태어났습니다. 그는 클로드 모네의 그림을 보고 화가가 되기로 결심했고, 1848년 독립미술가전 의 창립자 중 한 명이 되었습니다. 독립미술가전은 전통적이고 관 료적인 아카데미즘에 반대하여 심사 없이 자유롭게 출품 가능한 전 시회로, 첫 전시회에서 조르주 피에르 쇠라의 작품을 보고 쇠라와 뜻을 같이하여 신인상주의의 지도적 존재가 되었습니다. 1891년 쇠라가 이른 죽음을 맞이하자 신인상주의와 쇠라의 이름은 곧 잊힐 운명에 놓이게 됩니다. 이에 시냐크는 미술과 광학에 대한 연구를 집대성하여 〈외젠 들라크루아로부터 신인상주의까지〉라는 논문을 발표합니다. 이 논문으로 그는 신인상주의를 이론화하고 역사적 자 리를 확보했으며, 신인상주의의 숨은 조력자라는 평가를 받습니다.

〈펠릭스 페네옹의 초상〉 1890년

위험한 사랑, 위대한 사랑

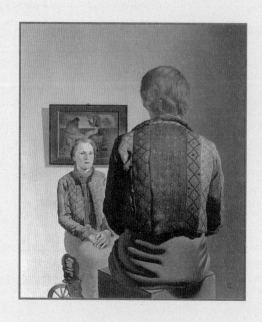

갈라의 기도
32×26cm, 패널에 유채, 뉴욕 현대 미술관, 1935년

1929년 여름 스페인의 카탈로니아 북부 카다케스에 있는 달리의 집에는 많은 손님이 모여 있었다. 그해 실험 영화 〈안달루시아의 개〉를 함께 작업한 루이스 부뉴엘 부부, 초현실주의 화가 르네 마그리트 부부, 화랑을 운영하는 카미유 괴망스와 그의 친구, 시인 폴 엘뤼아르와 그의 아내 갈라가 그 자리에 참석했다. 달리는 그곳에서 처음 만난 10세 연상의 갈라를 보고 첫눈에 반했다. 그는 후에 저서에 이렇게 기록했다.

"그녀는 내 '그라디바'가 될 운명이었다."

'그라디바'는 빌헬름 옌센의 소설 《그라디바》에 등장하는 여인으로 소설의 주인공에게 정신적인 안정을 가져다주는 주요 등장인물이다. 《그라디바》는 사실 잘 알려진 소설이 아니었지만 초현실주의 화가들이 추대했던 정신분석학자 프로이트가 자신의 정신분석학을 그 소설과 연관시키면서부터 알려졌고 '그라디바'는 곧 초현실주의 화가들의 뮤즈

양갈비를 어깨에 걸치고 있는 갈라
6.8×8.8cm, 패널에 유채, 살바도르 달리 미술관(피게레스), 1934년

가 되었다. 달리는 갈라가 자신의 '그라디바', 즉 뮤즈가 될 것을 확신했다. 달리는 발작에 가까운 행동과 눈빛으로 갈라의 관심을 끌기 위해 애썼지만 갈라는 무관심으로 대했다. 하지만 달리는 자신을 어린아이 보듯 거만하게 내려다보는 갈라의 시선조차 매력적이기만 했다.

갈라는 달리의 열성적인 구애에 흔들려 연정을 품게 되었고 결국 두 사람은 달리의 개인전이 열리던 도중 함께 바르셀로나로 사랑의 도피 여행을 떠났다. 달리는 갈라와 호텔 방에서 숨어 지내면서 이제까지 느껴보지 못한 아늑함과 심리적 안정을 느꼈다. 늘 안정을 찾지 못하고 불안하던 달리의 인생이 갈라를 만나고 크게 바뀌기 시작했다. 갈라의 영향으로 달리의 작품 속에 가득했던 불안이 사라지고 평화가 자리 잡았으며 그의 내면에도 안정이 찾아왔다. 달리는 갈라를 통해 한층 더 완숙한 예술가로 태어났다.

달리는 그 후부터 많은 작품 속에 그녀를 그려 넣기 시작했다. 그의 작품 속에 등장하는 여인은 오로지 갈라였다. 아니, 그는 갈라 이외에는 다른 여인을 그리지 않았다. 젊은 여인에서부터 늙은 여인까지, 심지어 성모 마리아 조차 갈라로 묘사했다. 정신적인 고통 속에서 자신을 구하고 치유한 갈라가 그에게는 성모로 비췄던 것이다. 또한 그는 자신의 정물 작품 〈빵 광주리〉를 설명하면서 광주리는 갈라의 팔로, 빵의 불룩한 한쪽 끝은 그녀의 젖가슴으로 표현했다고 하니, 이쯤 되면 달리는 거의 모든 것에서 갈라를 찾았다고 해도 무방하다. 달리에게 갈라는 이 세상의 전부였다.

하지만 세상은 불륜 관계로 시작한 두 사람의 사랑을 곱지 않은 시선으로 바라봤다. 달리의 아버지는 친구의 아내를 가로챈 아들에게 분노를 터뜨렸고 절연장을 보냈으며, 결국에는 상속권까지 박탈해 버렸다. 세간에서는 그들의 사랑은 미친 짓이며 곧 파탄 날 관계라고 수군댔다. 하지만 달리와 갈라는 보란 듯이 40년이 넘는 결혼 생활을 지켜나갔으며 막대한 부와 명성을 거머쥐었다.

나의 아내
61×50cm, 캔버스에 유채, 개인 소장, 1945년

거울을 통해 입체적으로 표현한 달리와 갈라
60×60cm, 캔버스에 유채, 갈라 살바도르 달리 재단, 1972~1973년

하지만 갈라가 죽자 달리는 예술적 창작 의지는 물론 삶에 대한 의지
도 잃게 된다. 달리에게 갈라의 빈자리는 감당할 수 없을 정도로 컸
다. 달리는 갈라가 숨을 거둔 1982년 이듬해 단 하나의 작품을 완성
한 이후 작품 활동을 중단했고 갈라와 추억이 깃든 카다케스의 작은
집으로 돌아가 천천히 죽음을 맞이했다. 그 어떤 것도, 그 누구도 해
결해주지 못했던 화가의 정신적 상처와 고통을 치유해준 유일한 여
인 갈라. 그리고 그녀에게 자신의 모든 것을 바쳐 헌신적으로 사랑한
달리. 두 사람은 한 시대를 완벽하게 풍미한 예술가와 뮤즈상을 만들
어냈다.

그림과 역사 사이

삶과 역사의 기록자들

;

조국을 위해 역사의 진실을 그리다
외젠 들라크루아 〈민중을 이끄는 자유〉

Eugène Delacroix

"그림이란 화가와 보는 사람의 마음을 이어주는 다리다."

민중을 이끄는 자유 Liberty Leading the People
260×325cm, 캔버스에 유채, 루브르 박물관, 1830년

이 그림은 미국의 '자유의 여신상' 제작을 담당했던
바르톨디에게 영감을 주기도 했다.

A. 다양한 미술 사조의 경향

이 작품은 다양한 미술 사조의 경향을 띠고 있다. 고전주의의 안정적인 삼각형 구도를 취하고 있지만 그 안의 인물들은 열정적이고 화려한 낭만주의 미술의 특징을 보여준다.

B. 시민군과 정부군의 전투

이 그림의 시대적 배경은 1830년 파리다. 1830년 샤를 10세는 자유와 선거권을 제한하며 입헌군주제를 거부하겠다는 의사를 칙령으로 밝힌다. 이에 파리의 시민들은 파리 시내 곳곳에 바리케이드를 설치하고 정부군과 시가전을 벌인다. 정부군과 시민군 사이의 치열한 전투 끝에 시민군은 마침내 왕궁에 진입하고 샤를 10세는 영국으로 망명하게 된다. 그때의 전투를 분명 목격했을 들라크루아는 붓을 들었다.

C. 조국을 위해 그린 그림

들라크루아가 형 샤를 앙리에게 보
낸 편지에는 이렇게 쓰여 있었다.
"조국을 위해 싸우지는 못했지만 조국을 위해 그림을 그릴 거야."
들라크루아의 굳은 의지가 조국에까지 전해졌는지 프랑스 정부는 완성된 그림을 새
로운 국왕 루이 필리프의 방에 걸어둘 목적으로 구입했다. 하지만 주제가 너무 선동
적이라는 이유로 들라크루아에게 되돌려 보냈다.

D. 중앙의 여인

가장 이목이 집중되는 그림 속 인물은 중앙의 여인이다. 한 손에
는 총검을 쥐고 다른 손에는 프랑스의 삼색기를 들고 달려 나가
고 있다. 삼색기는 1789년 프랑스 혁명 때 사용된 이후로 금지되
다가 다시 한 번 혁명의 불길 속에서 휘날리게 되었다. 프랑스의
삼색기는 자유, 평등, 박애를 의미한다.

E. 강인한 의지와 힘

자유를 상징하는 이 여인은

그림 속의 다른 남성들 못지않게 강인해 보인다. 여성을 힘차고 강인하게 그린다는 것은 여성은 우아하고 아름다워야 한다는 당대의 경향에서 매우 도전적인 시도였다. 그래서 살롱에 출품했을 당시 '품위가 없는 여성'이라는 비평을 받기도 했다. 들라크루아는 여인이 상징하는 '자유'를 얻기 위해서는 '아름다움과 우아함'과는 거리가 먼 '강인한 의지와 힘'이 더 필요하다고 말하고 싶었던 것이다.

F. 권총을 든 소년

여인의 오른쪽에 하층 계급으로 보이는 소년이 권총을 들고 대열에서 소리치고 있는 모습이 보인다. 빅토르 위고의《레미제라블》에서 구두닦이 소년은 이 그림 속 소년에게 영감을 받았다고 한다.

G. 들라크루아의 모습

또한 셔츠를 풀어 헤친 채 멜빵바지를 입은 노동 계급의 시민과 모자를 쓰고 정장을 입은 중산층 계급도 보인다. 혁명이 사회 전반에 걸쳐 지지를 받았다는 것을 알 수 있다. 모자를 쓰고 정장을 입은 사람은 들라크루이의 모습과 많이 닮았다. 혁명에 직접 침여힐 수 없었던 그는 그림 속에서라도 혁명에 동참하고 싶었던 것일까? 모자 쓴 이 사람의 신원을 정확히 확인할 방법은 없지만 아직까지도 누구인지에 대해 추측이 난무하다.

H. 수많은 희생

영웅의 탄생에는 수많은 이들의 희생이 따르는 법이다. 하이라이트 효과를 받고 있는 인물 아래로 수많은 시체가 쌓여 있다. 들라크루아는 시체들을 사실적으로 묘사하여 혁명에 희생당한 이들에게 애도를 표한다. 시민군과 정부군의 시체가 뒤엉켜 널브러져 있는 모습은 혁명의 참담함은 물론 경각심까지 불러일으킨다.

I. 진실한 그림

혁명에 희생당한 이들은 영웅들의 그림자에 쉽게 가려지기 마련이다. 하지만 이 그림은 영웅들의 그림자에 가려지고 소외된 이들의 희생을 상기시켜준다. 들라크루아는 예술은 진실을 말할 때 진정한 예술이 된다고 굳게 믿었다. 그림을 자세히 들여다보면 알 수 있듯이 그는 혁명의 모습을 미화하지 않았다. 그 혁명의 현장에는 승리의 영광뿐 아니라 죽음과 희생도 있다. 역사의 한 장면을 왜곡 없이 생생하게 포착한 이 그림은 진실로 남아, 그림을 마주하게 될 수많은 이들에게 넓고 깊은 시각을 열어준다. 이 그림이 진실하지 않은 그림이었다면 그림을 보고 '희생'이라는 단어를 떠올릴 수 없었을 것이다.

외젠 들라크루아
Eugène Delacroix 1798~1863

프랑스 낭만주의를 대표하는 화가 외젠 들라크루아는 파리 근교 샤랑통 생 모리스의 상류 부르주아 가정에서 태어났지만 7세 때 아버지를, 16세에 어머니를 잃었습니다. 그는 삼촌을 통해 화가 피에르 나르시스 게랭을 만난 후 화가의 꿈을 품고 그의 화실에 들어갔고 다음 해에는 에콜 데 보자르에 입학했습니다.

들라크루아는 1819년 제리코가 발표한 〈메두사 호의 뗏목〉을 보고 깊은 감명을 받았고 그 작품을 참고하여 제작한 〈단테의 배〉로 파리 살롱에 데뷔했습니다. 그는 〈단테의 배〉를 시작으로 극적인 표현이 돋보이는 낭만주의 걸작들을 연이어 발표하면서 당시 화단에서 유행하던 고전주의 화풍에 도전장을 내밀었습니다. 이후 들라크루아는 낭만주의 운동의 중심인물이 되었고, 1832년 모로코와 알제리 등지를 여행한 후 자신의 낭만주의적 화풍에 이국적 소재들을 접목시켜 더욱 환상적인 낭만주의 작품들을 선보였습니다.

〈사르다나팔로스의 죽음〉 1827년

;

아름다움과 죽음의 경계를 무너뜨리다
존 에버렛 밀레이 〈오필리아〉
John Everett Millais

"나는 캔버스에 쓸데없는 것을
의식적으로 그린 적이 없다고 확실히 말할 수 있다."

오필리아 Ophelia
76×111cm, 캔버스에 유채, 테이트 브리튼, 1851~1852년

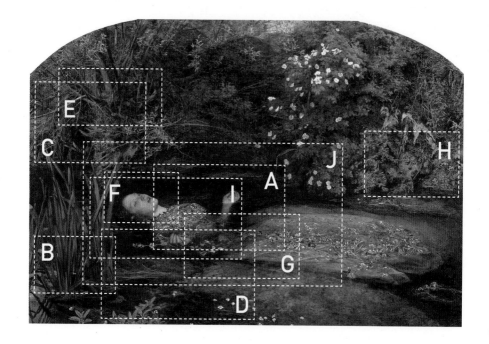

상징이 담긴 꽃과 식물 같은 그림의 세부 요소들은
그림의 깊은 곳까지 감상할 수 있게 도와준다.

A. 오필리아의 죽음

아버지의 갑작스러운 죽음으로 슬픔에 잠겨 있던 덴마크의 왕자 햄릿은 충격적인 사실을 알게 되었다 자신의 아버지를 독살한 사람이 얼마 전 새로 왕위에 오른 작은아버지였던 것이다. 햄릿은 아버지의 복수를 계획하고 은밀하게 행동에 나서지만 실수로 자신의 연인인 오필리아의 아버지를 죽이고 만다. 오필리아는 충격으로 실성한 채 들판을 헤매다 스스로 강물에 몸을 던져 목숨을 끊는다. 이 작품은 오필리아가 강물에 빠져 죽어가는 장면을 묘사하고 있다.

B. 실감 나는 묘사

밀레이는 영국 남부 서리 근교의 호그스밀 강가 주변에 오랫동안 머무르면서 그림의 배경이 될 곳을 찾았고, 오랜 탐사 끝에 마침내 장소를 찾았다. 밀레이가 그곳에서 그림의 배경을 위해 무려 하루에 11시간씩 5개월 동안 작업했다는 사실은 〈오필리아〉의 배경을 실감 나게 묘사하기 위해 얼마나 부단히 노력했는지 보여준다.

C. 인물보다 먼저 완성한 배경

밀레이가 인물이 아닌 배경을 먼저
완성한 것과, 인물보다 배경을 묘사하는 데 더 많은 정성을 기울인 것은 이례적인 일
이었다. 배경은 대개 그림에서 덜 중요한 요소라고 생각되어 나중에 그렸기 때문이다.
하지만 밀레이와 다른 라파엘전파 화가들은 배경이 인물과 동등한 위치에 있는 중요
한 요소라고 생각했다. 그림 속 섬세한 주변 환경 묘사는 자연의 세부 묘사에 충실했
던 라파엘전파의 정신을 뚜렷하게 대변한다.

D. 떨어져 흐르는 꽃잎

수풀이 우거진 이 작은 도랑에는 꽃잎이 떨어져 흐르고 있다. 밀
레이는 수면을 타고 흐르는 꽃과 도랑 주변의 들꽃을 이용하여 오
필리아의 심리 상태를 표현했다.

E. 버림받은 사랑

버드나무가 오필리아를 향해 가지를 늘어뜨리고 있다. 버드나무 가지는 '버림받은 사랑'을 의미하며 버드나무 가지 사이로 자라고 있는 쐐기풀은 고통을 의미한다.

F. 5월의 장미

오필리아의 목에 걸쳐 있는 제비꽃은 '신의', '순결', '젊은 날의 죽음'을 상징하며 그녀의 뺨 옆에 놓인 장미는 오필리아의 오빠 레어티스가 그녀를 '5월의 장미'라고 부르던 것을 암시한다.

G. 다양한 상징

오필리아의 오른손 근처에 떠 있는 붉은색 양귀비꽃은 '깊은 잠'과 '죽음'을, 그 옆의 하얀색 데이지는 '순결'을 상징하며, 노란색 팬지는 '공허하고 헛된 사랑'을, 그 왼쪽에 있는 붉은색 아도니스는 '슬픔'을 표현한다.

H. 논란의 대상

몇몇 사람들은 이 그림 속
에 죽음을 암시하는 해골
이 숨겨져 있다고 주장하기도 한다. 그림 오른편 덤불 속 움푹 파인 세 개의 구멍은 마
치 해골의 두 눈과 코처럼 보이기도 한다. 하지만 이 형상이 앞으로 다가올 죽음을 암
시하기 위해 화가가 의도한 것인지, 단순히 그림자 때문에 이런 형상이 만들어진 것인
지 판단할 명백한 증거는 없다.

I. 엘리자베스 시달

밀레이는 배경을 완성한 후에 자신의 작업실로 돌아가 인물을 그려
넣는 작업을 시작했다. 그는 라파엘전파의 뮤즈였던 엘리자베스 시
달을 모델로 하여 오필리아를 그렸다. 밀레이는 물속에 서서히 가라
앉는 오필리아의 모습을 생생하게 그려내기 위해 시달에게 그림과
같은 드레스를 입힌 채 물이 담긴 욕조에 누워 포즈를 취하게 했다.

J. 몽환적이고 매혹적인 아름다움

때는 겨울이었기에 욕조 아래 램프를 두어 물의 온도를 따뜻하게 유지했다. 평소와 다름없이 그림을 그리던 어느 날 램프의 불이 꺼진 적이 있었는데 그림 그리기에 몰두한 밀레이는 그 사실을 알아채지 못했고 결국 시달은 독감에 걸리고 말았다. 밀레이는 치료비 배상을 요구한 시달의 아버지에게 치료비를 물어주어야 했다. 이러한 여러 가지 우여곡절 끝에 완성된 오필리아의 모습은 먼저 그려진 배경과 한 치의 어색함도 없이 아름다운 조화를 이룬다. 순수하고도 연약한 그녀의 성격을 잘 나타내는 몸짓과 표정에서 흘러나오는 몽환적인 분위기와 슬픔이 죽음과 아름다움의 경계를 무너뜨린다. 이제는 안식처가 된 이 도랑의 수면 위를 떠도는 꽃잎은 슬프고도 매혹적인 아름다움을 빚어내며 그녀와 함께 끝없이 흘러간다.

존 에버렛 밀레이

John Everett Millais 1829~1896

영국의 부유한 집안에서 태어난 존 에버렛 밀레이는 사상 최연소의 나이인 11세에 왕립 아카데미에 입학할 정도로 그림에 뛰어난 재능을 가지고 있었습니다. 밀레이는 그곳에서 단테 가브리엘 로제티와 윌리엄 홀먼 헌트를 만나 친구가 되었으며 1848년에는 이 화가들과 함께 라파엘전파를 결성했습니다. 당시 최고의 미술비평가인 존 러스킨은 라파엘전파를 지지했으며 이 일로 밀레이와 러스킨은 우정이 돈독해졌습니다.

하지만 밀레이는 가끔씩 모델이 되어준 러스킨의 아내 에피 그레이와 사랑에 빠졌고 이 일로 러스킨과 친밀했던 관계도 끝나버렸습니다. 에피 그레이의 소송으로 러스킨과 에피의 결혼은 무효가 되었고 밀레이는 에피 그레이와 결혼했습니다. 이후 그는 라파엘전파를 탈퇴하여 초상화를 전문적으로 그리기 시작했습니다. 밀레이는 얼마 지나지 않아 가장 높은 보수를 받는 화가가 되었으며 왕립 아카데미 회장으로도 선출되었습니다.

〈성 아그네스의 전야〉 1862~1863년

;

억눌리고 탄압받는 소시민의 투지
오노레 도미에 〈봉기〉
Honoré Daumier

"자유와 정의는 소수보다는 모두를 위해 끝없이 갈망되어야 한다."

봉기 The Uprising

87×113cm, 캔버스에 유채, 필립스 컬렉션, 1848년

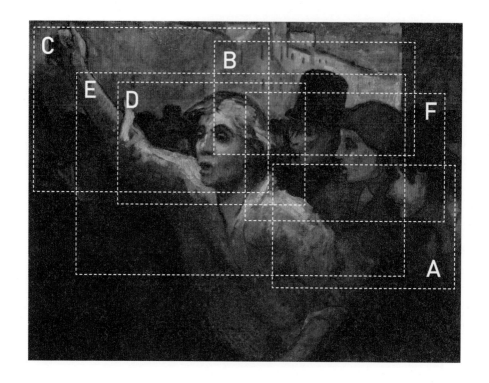

도미에의 그림 속에서는
평범한 시민도 영웅이 된다.

A. 투쟁하는 군중들

도미에의 〈봉기〉는 뭔가를 외치며 투쟁을 벌이고 있는 군중들의 모습을 묘사하고 있다. 이 작품은 1848년 2월 파리에서 루이 필리프를 대적해 일어났던 혁명에 영감을 받아 그린 것으로 보인다. 도미에는 이 작품을 통해 루이 필리프 왕정의 부패 정치를 고발하고 있는데, 사실 그는 이미 〈대식가〉라는 풍자 삽화로 루이 필리프의 미움을 산 적이 있었다.

B. 팽팽한 긴장감

작품의 배경은 좁은 거리나 광장처럼 보인다. 도미에는 건물의 세부 묘사를 단순화해 마치 극의 무대처럼 표현했다. 정적이고 차분한 건물의 벽은 공간을 응축해 군중들을 전경으로 밀어 넣고 있다. 그 결과 발 디딜 틈 없는 군중들 사이로 팽팽한 긴장감이 느껴진다.

C. 소리치는 남자

그림 중앙에서 하얀색 셔츠를 입고 힘차게 팔을 올린 채 소리치는 남자는 그 영웅적인 이미지 때문에 군중들 사이에서 특히 두드러진다. 투지에 불타는 팔은 그를 중심으로 그림 전경에 대각선을 만들어내고 있다. 힘차게 들어 올린 팔은 '힘'과 '용기', '결단력'을 표현한다.

D. 하층 계급의 혼

남자의 남루한 옷차림으로 보아 아마 그는 노동 계급일 것이다. 그의 눈은 눈동자를 찾아볼 수 없는 검은색이다. 깊고 깊은 검은 눈 속에는 탄압받고 짓밟힌 하층 계급의 혼이 담겨 있는 듯하다.

E. 하이라이트

도미에는 이 인물의 하얀색 셔
츠만을 남겨두고 주변은 어두
운 계열의 색으로 채색하여 그에게 하이라이트 효과를 주었다. 그래서 어두운 계열로
채색된 나머지 군중들은 하나로 합쳐져 있는 것처럼 보이기도 한다.

F. 그들의 결속

하얀색 셔츠의 노동 계급 이외에도 중산층 계급을 표현하는 검은 모자
를 쓴 남자와 여자는 물론 어린아이까지 이 투쟁에 참여하고 있어 다
양한 사회 계층의 결속을 보여주고 있다. 이 작품이 1848년 루이 필리
프 왕정을 대항해 일어난 혁명에서 영감을 받은 것은 사실이지만 특정
사건을 묘사한 것은 아니다. 도미에가 그림을 통해 전하고자 했던 것
은 억눌리고 탄압받는 소시민의 '투지'였고, 이 그림을 통해 확실하게
전달되고 있다. 특정 사건의 사실적이고 현실적인 묘사는 아닐지라도
그림 속 소시민들의 상황과 순간의 감정을 고스란히 담아내고 있기 때
문이다.

오노레 도미에

Honoré Daumier 1808~1879

오노레 도미에는 1808년 프랑스 마르세유에서 태어났습니다. 그의 아버지는 유리 장인이었는데 산업 혁명으로 기계화가 시작되면서 점점 일거리가 줄어 가난을 겪게 되었습니다. 그 후 아버지는 시인의 꿈을 안고 출판의 기회를 얻고자 파리로 떠났지만 성공하지 못했습니다. 극심한 가난은 화가가 되고 싶었던 12세의 도미에를 직업 전선으로 내몰았고 그는 법률 사무소와 서점에서 일하며 가족의 생계를 도왔습니다.

14세가 되자 도미에의 부모는 화가가 되고 싶어 하는 아들의 뜻을 이해해주었고 평소 안면이 있던 알렉상드르 르누아르에게 보내 미술을 배우게 했습니다. 도미에는 21세 때부터 주간지에 삽화를 실으면서 화가로 명성을 얻었습니다. 하지만 그가 그린 정치적인 풍자 삽화는 루이 필리프를 분개하게 하여 편집자와 함께 감옥에 수감됩니다. 도미에는 석방 후 정치적인 그림 대신 가난한 사람들의 고단한 일상을 따뜻한 시선으로 담아내는 데 전념했습니다. 말년에는 시력과 경제력을 잃어 비참하게 생을 마감할 뻔했지만 그의 친구 카미유 코로가 집을 마련해주고 경제적으로 지원해준 덕분에 편안히 눈을 감을 수 있었습니다. 도미에가 남긴 4,000여 점의 방대한 작품들은 그가 살던 시대를 생생하게 증언하고 있습니다.

〈세탁부〉 1863년경

;

있는 그대로의 현실을 그리다
귀스타브 쿠르베 〈안녕하세요, 쿠르베 씨〉

Gustave Courbet

"천사를 보여주면 그리겠다."

안녕하세요, 쿠르베 씨 Bonjour Monsieur Courbet

129×149cm, 캔버스에 유채, 파브르 미술관, 1854년

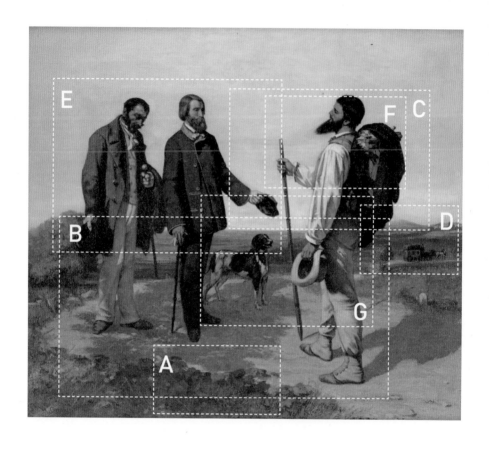

진솔한 화가의 그림은 거짓말을 하지 않는다.

A. 지극히 사실적인 묘사

작품의 배경은 프랑스 남부 몽펠리에 지방의 소박한 시골이다. 아름답지도 않지만 그렇다고 어수선하지도 않은 이 시골 풍경은 지극히 평범할 따름이다. 들풀과 나무의 그림자까지도 사실적이며 꾸밈이 없다.

B. 원근감

작품에는 3명의 인물이 등장한다. 쿠르베는 이 3명의 인물 중 가장 앞으로 나와 있는 오른쪽의 인물을 중심으로 해 나머지 2명의 인물이 순차적으로 배치되는 형식으로 그림을 구

상했고, 원근감을 이용하여 사실적으로 표현한 배경은 인물과 잘 어우러진다.

C. 그림의 주인공

다소 허름해 보이는 옷을 입은 오른쪽의 인물은 먼 여행을 한 듯 흙투성이의 신발을 신고 기다란 지팡이를 짚은 채 서 있다. 이 인물은 누구일까? 등에 매달려 있는 미술 도구들과 접이식 이젤이 그의 신분이 화가라는 것을 알려준다. 이 인물은 바로 그림의 주인공 쿠르베다.

D. 후원자와 하인

쿠르베와 인사를 나누는 후원자와 하인은 마차를 타고 방금 도착한 것 같다. 쿠르베와 달리 신발이 흙으로 더러워지지 않았다. 그들을 태웠던 마차는 저 멀리 떠나고 있다.

E. 알프레드 브뤼야스

멋진 초록색 옷을 차려입은 인물은 쿠르베의 후원자 알프레드 브뤼야스다. 그는 모자를 벗고 환영의 제스처를 취하고 있으며 곧 쿠르베와 악수를 하려는지 오른손의 장갑을 벗었다. 브뤼야스 옆의 하인은 모자를 벗고 머리를 살짝 숙여 존경을 표하는 자세를 취하고 있다. 브뤼야스도 비록 몸을 꼿꼿이 세우고 있기는 하지만 시선을 아래로 두어 쿠르베에게 경의를 표한다.

F. 당당한 쿠르베

반면 쿠르베는 이 두 사람에
비해 전혀 격식을 차리지 않
고 있다. 곧은 수염과 반듯이
세운 고개는 자신감이 넘치다 못해 오만해 보이기까지 한다. 쿠르베의 그림들은 대중
의 비웃음을 샀고 당연히 그림도 팔리지 않아 재정적으로 심각한 지경이었다. 그때
구세주처럼 나타나 도움을 준 사람이 바로 부유한 브뤼야스였다. 하지만 쿠르베는 자
신의 작품을 사주는 후원자 앞에서도 전혀 주눅 든 기색이 없다.

G. 천생 예술가

자신의 일을 사랑하며 주관
이 뚜렷한 그의 모습은 천생
예술가의 모습이다. 소박하고 허름한 옷차림을 한 자신의 모습을 전
혀 부끄러워하지 않고 그저 이젤을 등에 메고 그림 그릴 곳을 찾는
예술가의 모습은 미화되지 않았으며 사실적이고 진솔하기까지 하다.
자연 절경을 그린 풍경화는 감상자의 시각 만족을 우선으로 생각한
다. 하지만 이 그림은 있는 그대로의 평범함과 소박함이 그대로 담겨
있다. 소박한 시골의 풍경도 바라보면 볼수록 정감이 느껴진다. 아마
도 진솔한 화가를 꼭 닮았기 때문이 아닐까?

귀스타브 쿠르베
Gustave Courbet 1819~1877

귀스타브 쿠르베는 프랑스 동부의 작은 마을 오르낭에서 부유한 농부의 아들로 태어났습니다. 어린 쿠르베는 나가서 뛰노는 것을 좋아했지만 그림을 그리는 것도 좋아하여 가족들을 모델 삼아 그림을 그리곤 했습니다. 그는 여러 미술 교습소에서 미술 교육을 받았지만 그에게 가장 도움이 된 곳은 루브르 박물관이었습니다. 쿠르베는 네덜란드 거장들의 작품을 모사하면서 일상생활을 주제로 한 장르화에 매료되었습니다.

당시 화단은 과거나 이국의 모티브를 미화하고 이상화한 신고전주의와 낭만주의가 주류를 이루었지만, 쿠르베는 네덜란드 거장들이 그랬던 것처럼 일상에서 직접 볼 수 있는 것들을 미화나 왜곡 없이 사실적으로 그려야 한다고 생각했습니다. 그는 파리 살롱에 작품을 출품하고 사실주의 선구자로서 어느 정도 주목을 받기도 했습니다. 하지만 여전히 이상적인 미술을 높이 평가하던 대부분의 관객들과 비평가들은 쿠르베의 작품을 보고 불쾌해했으며 파리 만국 박람회에 출품한 그의 작품들은 심사위원에게 거절되기까지 했습니다. 무엇이든 보이는 그대로 그려야 한다는 쿠르베의 주장은 훗날 인상주의 화가들에게 큰 영향을 미쳤고 근대 회화의 '회화성' 확립의 초석이 되었습니다.

〈화가의 작업실〉 1855년

;

신고전주의에 결별을 고하다
테오도르 제리코 〈메두사 호의 뗏목〉

Théodore Géricault

"상상력이 혼자 색채를 강조하는 동안,
우리는 한낱 붓을 들고 칠한다."

메두사 호의 뗏목 The Raft of Medusa
491×716cm, 캔버스에 유채, 루브르 박물관, 1818~1819년

신고전주의 화풍에서는 느낄 수 없던
강렬한 힘이 느껴지는가?

A. 메두사 호의 침몰

1816년 7월 2일 프랑스의 식
민지 세네갈에 정착할 이주민
과 군인, 행정가 등 400여 명
을 태운 메두사 호가 항해 중
암초에 걸려 침몰했다. 메두사 호의 침몰은 궁극적으로 선장의 무
능과 미숙함 때문이었다. 식민지 개척은 막대한 부를 보장했고 돈
에 눈이 먼 선장은 뇌물을 주고 선장 자리를 샀던 것이다. 선박을
지휘해본 적이 없고 20여 년간 배를 탄 적도 없는 선장의 무능함이
파멸로 이어진 것은 지극히 당연했다.

B. 바다 위의 표류

배에 타고 있던 400여 명 중 선장
과 상급 선원, 고위 관료 등 일부
승객은 여섯 개의 구명보트를 타
고 대피했지만 나머지 149명의 선원과 승객은 급히 배의 잔해로 뗏목을 만들어 몸을
싣는다. 뗏목을 보트에 연결해 끌고 가겠다고 약속한 선장은 줄을 잘라내고 도망쳤고
이 뗏목은 2주 동안 마실 것도, 먹을 것도 없이 바다 위를 표류한다.

C. 광기와 공포

표류하는 뗏목 위는 그야말로 생지옥이었다. 질병과 갈증을 못 이겨 죽은 사람들의 시체가 역겨운 냄새를 풍기며 썩어갔고 극한의 굶주림은 이들을 광기로 밀어 넣었다. 뗏

목의 가운데에는 피 묻은 도끼가 보인다. 자신의 옆에 있던 동료가 돌연 살인마로 변해 머리에 도끼를 들이댈지 모르는 공포는 현실이었다. 굶주림의 광기 속에서 사람들은 서로 살육하고 잡아먹었다.

D. 기적적인 구조

2주간의 표류 끝에 15명의 생존자들은 함께 출항한 아르귀스 호에 기적적으로 구조된다. 이들은 아무런 희망 없이 바다를 주시하던 중 멀리 수평선 위로 어렴풋이 보이는 배를 보고 온 힘을 다해 소리를 지르며 필사적으로 천을 흔들고 있다.

E. 구원

돛 가까이에 여러 사람이 모여 있다. 사람들의 절박한 외침에 소리가 나는 곳을 향해 몸을 일으키는 사람도 있고, 두 손을 모아 신에게 구원의 감사 기도를 하는 사람도 보인다.

F. 지옥 같은 시간

뗏목 우측의 노인은 새로운 희망을
부르짖고 있는 사람들과 자신은 무
관하다는 듯 망연자실한 모습으로
자신의 죽은 아들을 애도하며 시체
가 파도에 떠내려가지 않도록 자신
의 다리에 올려놓은 채 꼭 붙들고 있다. 절망한 다른 이들도 너무나 큰 충격에 빠진
듯 무감각한 모습이다. 실제로 살아남은 15명 모두 지옥 같았던 그 시간의 충격을 이
기지 못해 정신 이상 증세를 보였다.

G. 프랑스 정부의 은폐

프랑스 정부는 이 사건의 많은 부
분들을 은폐하려 했지만 생존자
중 한 명인 외과 의사가 기록한 사
건의 참상이 언론에 보도되면서
사회적 파장이 일었다. 제리코는
이 비참했던 사건을 정확하고 왜곡 없이 묘사하기 위해 철저하게 조사하며 사전 작업
을 거듭했고 사회적 부패가 어떤 결과를 초래하는지 이야기했다.

H. 그림의 강렬한 힘

이 그림은 당대 사건의 진실을 정
확하게 포착하여 공포와 광기를
박진감 있게 묘사했다. 이제 그리
스와 로마의 이상적인 영웅만이
그림의 주인공이 아니다. 광기에
사로잡힌 메두사 호는 인간의 감정을 증폭하며 신고전주의에 결별을 고했다.

테오도르 제리코

Théodore Géricault 1791~1824

프랑스 루앙의 중산층 가정에서 외아들로 태어난 테오도르 제리코는 가난을 생각조차 해본 적 없을 정도로 부유하게 자랐습니다. 성장하면서 그림과 승마에 관심을 가지게 된 그는 당시 승마 그림으로 유명하던 화가 카를 베르네의 화실에서 미술 공부를 시작했습니다. 그리고 얼마 후 신고전주의 양식의 역사화를 그리는 피에르 나르시스 게랭의 화실에 들어갔고, 그곳에서 후배격인 들라크루아를 만나 친교를 맺기도 했습니다. 하지만 엄격한 수업 방식에 불만을 느낀 제리코는 화실을 나와 루브르 박물관에서 루벤스, 벨라스케스, 렘브란트, 티탄 등 거장들의 작품을 모사하면서 스스로 공부했습니다.

1819년 제리코는 격정적인 운동감, 강한 명암, 선명한 색채 등 낭만주의적 경향이 잘 드러나 있는 작품인 〈메두사 호의 뗏목〉을 살롱에 제출했습니다. 〈메두사 호의 뗏목〉를 본 후배 화가 들라크루아는 크게 감격하여 낭만주의를 추구하게 되었고, 이 작품은 들라크루아가 낭만주의를 확립하는 위대한 도화선이 되었습니다. 그 후 제리코는 영국으로 건너가 자신이 좋아하던 승마를 주제로 많은 작품을 남기기도 했지만 몇 번의 낙마 사고로 건강이 악화되어 33세의 젊은 나이에 요절했습니다.

〈난파선의 잔해〉 1821~1824년

;

화해와 평화의 메시지를 전하다
자크 루이 다비드
〈사비니 여인들의 중재〉

Jacques Louis David

"예술에서 구상 그 자체보다 더 중요한 것은
구상한 것을 어떻게 표현하고 제시하느냐이다."

사비니 여인들의 중재 The Intervention of the Sabine Women
385×522cm, 캔버스에 유채, 루브르 박물관, 1799년

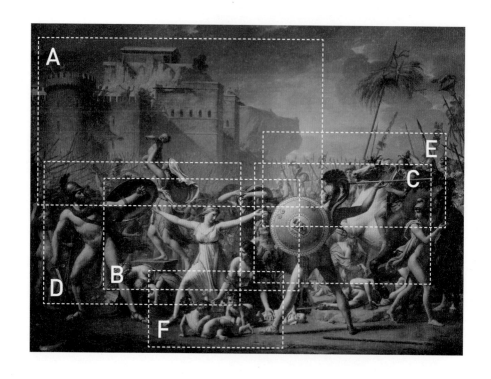

천진하게 바닥을 기어 다니는 귀여운 아이를
보았는가? 평화의 메시지가 이보다 더 강렬하게
전달될 수는 없을 것이다.

A. 전쟁의 배경

전쟁의 긴장감이 그림 곳곳에 역력하다. 이 전쟁은 어떻게 시작된 것일까? 때는 고대 로마의 건국 시기로 거슬러 올라간다. 로물루스와 젊은 사나이들이 주력이 되어 건국한 로마는 여자들이 절대 부족했다. 그래서 로마인들은 교묘한 책략으로 이웃 도시였던 사비니의 여인들을 납치하여 아내로 삼았다. 자신의 딸과 아내, 여동생을 빼앗긴 사비니 남자들은 복수의 칼날을 갈며 몇 년 동안 전쟁을 준비했고 마침내 사비니의 왕 타티우스가 직접 군대를 이끌고 로마로 진격했다.

B. 사비니의 딸,
로마의 아내 헤르실리아

그림 중앙의 하얀색 옷을 입고 두 팔을 벌린 채 싸움을 말리고 있는 여인은 헤르실리아다. 헤르실리아는 로물루스의 아내이자 타티우스의 딸이었다. 사비니 여인들의 입장에서 이 싸움은 의미 없는 비극일 뿐이었다.

C. 전설의 로마 건국자,
로물루스

중심이 되는 세 인물 중 가장 오른쪽에는 로마의 왕 로물루스가 있다. 원형 방패에는 'ROMA'라고 쓰여 있으며 늑대 젖을 먹고 있는 로물루스 형제가 그려져 있다. 로물루스는 타티우스를 향해 창을 던지려고 했지만 헤르실리아의 중재로 잠시 머뭇거리고 있다.

D. 고대 그리스 조각의 영향

헤르실리아의 왼쪽에는 사비니의 왕 타티우스가 방어 자세를 취하며 대적하고 있다. 한 여인은 그의 다리를 붙잡으며 말리고 있다. 다비드는 고대 그리스의 조각에 영향을 받아 그림 속 전사들을 대부분 나체로 묘사했다. 현실성이 없어 보이는 방법이기는 했지만 그림 속 전사들의 늠름한 골격과 넘치는 역동감은 그리스의 조각상을 보는 것처럼 사실적이다.

E. 평화의 정착

로뮬루스와 타티우스는 여전
히 갈등하고 있지만 저 뒤의
군인들은 벌써 투구를 벗어
전투를 중단했다. 나머지 군인들도 싸울 의지가 없는 듯 칼을 칼집에 넣고 있다. 결국
전투는 중단되었고 두 민족은 화해하고 한 민족이 된다. 이 일은 여인들이 평화를 정
착한 사건으로 역사에 기록되었다.

F. 새로운 시선

로마와 사비니의 전쟁을 다
루었던 이전의 화가들이나
조각가들은 역사화의 전례에 따라 여인들이 납치당하는 순간을 주
로 그렸지만, 다비드는 그 이후 전개된 사건에 주목했고 당시에 주목
받지 못하던 여성의 가치를 강조하는 등 새로운 해석을 시도했다. 다
비드가 이 그림을 통해 말하고자 한 것은 화해의 힘이었다. 프랑스
혁명 이후 무정부 상태 및 정치적 혼란으로 내부 갈등이 심각해지고
있던 시기에 제작된 이 작품에는 모든 갈등을 종식시키고 평화를 되
찾고자 하는 다비드의 염원이 담겨 있는 것이 아닐까?

자크 루이 다비드

Jacques Louis David 1748~1825

프랑스 파리 출신의 자크 루이 다비드는 신고전주의를 대표하는 화가입니다. 그는 9세 때 아버지가 결투에서 죽은 후 두 삼촌에게 맡겨져 자랐습니다. 다비드가 그림에 흥미를 보이자, 삼촌은 그를 친분이 있던 로코코 화가 프랑수아 부셰에게 보냈습니다. 하지만 당시 주류를 이루고 있던 로코코 화풍이 곧 인기를 잃을 거라 예감한 부셰는 다비드를 신고전주의 화풍을 가진 친구 조제프 마리 비앙에게 보냈습니다.

작품 활동을 시작한 다비드는 거듭되는 실패로 자살을 시도하기도 했지만, 1744년 로마대상을 수상하면서 정부의 지원금으로 이탈리아로 여행을 가서 거장들의 고전 미술을 연구할 기회를 얻었습니다. 여행에서 돌아온 다비드는 고전으로 복귀할 것을 외치며 신고전주의의 시작을 알리는 작품을 제작했고, 그의 성과는 앵그르나 장 그로 같은 제자들에게 계승되었습니다.

다비드는 프랑스 혁명의 지도자 중 한 명인 로베스피에르의 전폭적인 지지자였으며 혁명 정부가 수립된 이후에는 사실상 예술의 독재자 역할을 하여 '붓을 든 로베스피에르'라는 별명을 얻기도 했습니다. 또한 나폴레옹 시절에는 나폴레옹에게 협력하며 정치 선전 화가로 활동하여 '나폴레옹을 그린 화가'로 유명해졌습니다.

〈알프스를 넘는 나폴레옹〉 1801년

;

젊은 화가의 서부를 향한 자유와 열정
잭슨 폴록 〈서부로 가는 길〉

Jackson Pollock

"그림은 그 자신의 삶을 갖는다.
나는 그림이 그럴 수 있도록 노력할 뿐이다.

서부로 가는 길 Going West

38×52cm, 섬유판에 유채, 스미스소니언 미술관, 1934~1935년

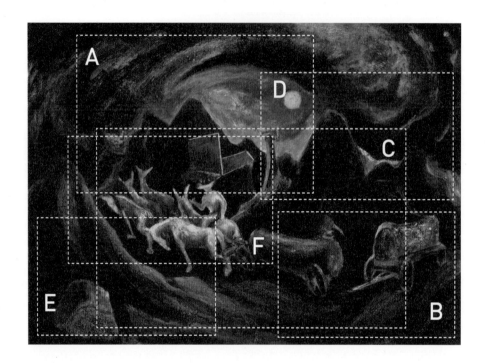

이 작품과 그의 후기작을 비교해보면
깜짝 놀랄 정도로 다른 양상을 보인다.

A. 개척자의 마차

굽이치는 소용돌이를 만들다가 이내 잠잠해진 침울한 밤하늘 아래
모든 것이 잠들었다. 환한 보름달만이 눈을 크게 뜨고 아무 말 없이
서부의 거친 황야를 노려보고 있을 때 저 멀리서 들려오는 마차 소
리가 정적을 깨운다. 아마도 그 마차의 주인은 서부로 가고 있는 개
척자일 것이다.

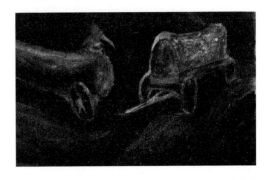

B. 기회의 땅

미국인에게 '서부'는 새로운
기회이자 시작이었다. 서부에 펼쳐진 광활한 개방지에서 신분이나 지위에 상관없이
누구나 새로운 삶을 개척할 수 있다는 가능성은 자유를 꿈꾸게 했고 과거로부터 도
망갈 수 있는 출구가 되었다.

C. 서부를 향해

그림 속의 인물도 자유를 위해 서부로 이동하고 있다. 그는 한시라도 빨리 서부에 도
착하기 위해 밤에도 이동을 멈추지 않고 서두르고 있다. 지방주의 화가들은 이런 초
기 개척자들이 미국 건국 정신의 화신이라 여겼다. 폴록이 그 시대의 서부 개척에 동
참하지는 않았지만 이 그림에는 폴록의 기억이 담겨 있다.

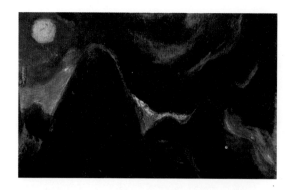

D. 가족사진에서 영감을 얻다

폴록은 서부에 위치한 고향 와이오밍을 여행하거나 어린 시절
에 찍었던 사진들을 보며 작품의 영감을 받고는 했다. 이 작품
도 어느 날 와이오밍의 한 외딴 마을의 다리에서 찍은 가족사
진을 보고 영감을 얻었다. 낡은 사진 한구석에서 고향에 대한
향수를 발견하기라도 한 걸까?

E. 폴록의 어린 시절

어린 시절 폴록은 가족과 함께
서쪽인 애리조나로, 후에는 캘

리포니아로 이주했다. 어린 시절의 그 기억들은 서부로 이동하는 개척자 가족의 이미지로 그림 속에 투영되었다. 어린 시절 살던 곳을 떠나 이사를 가본 적이 있는가? 그 기억을 그림으로 그려 표현해야 한다면 어떤 느낌으로 그리겠는가?

F. 희망과 두려움

새로운 만남과 경험이 기다릴
거라는 생각에 설레던 이들이
라면 이사의 기억은 생기 있고
희망찬 붓질로 그려지겠지만,

정든 친구들을 떠나 낯선 곳으로 떠나는 것이 마냥 슬프고 두려웠던 이들에게는 어둡고 절망적인 색채로 가득할 것이다. 이 그림은 다소 어두운 분위기지만 그 어둠 속에서 희미하게 빛나는 개척자와 말들, 마차들이 마치 그 시절을 추억하는 듯 몽환적이며 신비롭다. 달빛이 은은하게 비치는 외로운 길을 여행하는 개척자의 모습을 보며 누구에게나 한 번쯤은 있었을 이주(移住)의 기억 속으로 여행을 떠나본다. 자신의 화풍을 확립하지 못한 채 스승의 영향 안에서 방황하던 젊은 화가도 기억을 따라 여행을 떠난다.

잭슨 폴록

Jackson Pollock 1912~1956

미국 와이오밍 주 코디에서 농부의 아들로 태어난 폴록은 어렸을 때 가족과 함께 서부 지역인 애리조나로 이사를 갔고 얼마 후에는 캘리포니아로 갔습니다. 심각한 알코올 중독자였던 아버지는 폴록이 8세 때 가족을 버리고 집을 나갔습니다. 그 후로 폴록의 형들 중 가장 나이가 많았던 찰스가 가장이 되었는데 화가 지망생이었던 찰스는 훌륭한 가장으로서 동생들의 존경을 받았습니다.

막내였던 폴록은 형 찰스의 영향으로 화가를 꿈꿨고, 18세가 되던 해에 형과 함께 뉴욕 아트 스튜던츠 리그에 입학했습니다. 그는 그곳에서 지방주의 화가 토머스 하트 벤턴에게 미술 교육을 받았습니다. 폴록은 뉴딜 정책의 일환인 연방미술사업계획에 따라 화가로 고용되어 수많은 작품을 제작했지만 알코올 중독과 우울증으로 정신병원에서 치료를 받았습니다. 그 후 그의 작품들은 추상적으로 변하기 시작했습니다.

폴록은 캔버스를 넓게 펼쳐놓고 물감을 흘리고, 튀기고, 쏟아부으며 몸 전체로 그림을 그렸습니다. 그의 액션 페인팅의 참신함은 전 세계의 이목을 집중시켰고 미국 미술계의 슈퍼스타가 되었습니다. 하지만 알코올 중독이 악화되어 몸과 정신이 피폐해졌고 결국 1956년 만취 상태로 과속 운전을 하다 교통사고로 숨을 거두었습니다.

〈비밀의 수호자들〉 1943년

영원히 늙지 않는 화가의 뮤즈

파리의 아침
76.5×122cm, 캔버스에 유채, 에르미타주 미술관, 1911년

인상주의 미술이 아카데미 미술의 인기를 꺾고 미술계에서 지배적인 위치를 차지하고 있을 무렵 유럽 화단에는 새로운 바람이 불었다. 인상주의를 자처하지만 인상주의 미술의 한계를 지적하며 여러 가지 실험적인 방법을 통해 이를 극복하고자 했던 진보적인 화가들이 목소리를 내기 시작한 것이다. 나중에 '후기 인상주의 시대'라고 불리게 된 이 시기에 활동한 많은 화가 가운데 피에르 보나르도 있었다. 초기 인상주의 화가들은 아틀리에에서 벗어나 야외에서 빛을 관찰하고 탐구했지만 보나르의 관심은 야외에 있지 않았다. 빛과 색에 대한 그의 관심은 주로 실내 풍경에서 펼쳐졌다. 그리고 그곳에는 항상 그의 뮤즈 마르트가 있었다.

보나르와 마르트는 파리의 거리에서 우연히 만났다. 당시 마르트는 고향을 떠나 파리의 장례용 조화를 만드는 가게에서 일하고 있었는데 보나르는 마르트를 처음 본 순간 강한 끌림을 느꼈다. 그는 미스터리한 분위기를 풍기는 이 여인에게서 이성에 대한 매력 그 이상을 느꼈다. 보나르는 마르트에게 자신의 모델이 되어달라고 부탁했고, 마르트는 불안

줄무늬 블라우스
45.1×63.8cm, 캔버스에 유채, 개인 소장, 1922년

감과 경계심이 뒤섞인 눈동자로 한참을 쳐다보다가 그의 제안을 조심스레 받아들였다.

둘은 함께 작업을 하며 서로에 대해 알아가는 듯 보였지만 마르트는 여전히 베일에 싸인 비밀의 여인이었다. 많은 부분 자신을 감추던 그녀는 출생지나 가족에 대해서도 전혀 얘기하지 않았고 자신의 원래 나이도 속였다. 보나르조차 마르트의 본명이 마리아 부르생이라는 사실을 함께 산 지 32년 후에 알았다고 하니, 마르트에게 말 못할 여러 사정이 있었던 게 분명하다. 하지만 이런 비밀에도 보나르는 이 비밀스러운 여인을 모델로서, 더 나아가 연인으로서 마음에 들어 했다.

마르트는 보나르가 앵티미슴 양식을 확립하는 데 큰 영향을 준 장본인이다. 앵티미슴이란 거실이나 부엌, 베란다 등 집 안팎의 풍경이나 가정에서 쉽게 볼 수 있는 소박하고 일상적인 소재들을 정감 있게 표현한 양식을 뜻한다. 보나르의 작품 속 마르트는 집 안에서 일상적인 일에 몰두하고 있다. 뭔가를 읽거나 쓰고 있기도 하며 고개를 돌린 채 깊은 생각에 빠져 있거나 몸단장을 하고 있다. 하지만 보나르가 무엇보다도 관심 있게 그린 장면은 그녀가 목욕을 하는 모습이었다.

욕조에서 나오는 마르트
123×129cm, 캔버스에 유채, 개인 소장, 1930년

정신적으로 불안정했던 마르트는 신경쇠약, 피해망상, 병적인 강박증과 결벽증 등 여러 정신 질환을 앓고 있었는데 그 증상 중 하나는 청결에 강박적으로 집착하여 수시로 몸을 씻고 목욕을 하는 것이었다. 일반적으로 이러한 청결 강박 증세를 온전히 이해하는 건 쉽지 않은데, 앵티미스트였던 보나르에게는 오히려 이런 청결 강박 증세가 그의 예술적 지향점과 완벽하게 상응했다. 보나르는 마르트가 목욕 준비를 하고 욕실에 서 있거나 욕조에 몸을 담그는 모습, 욕조에 편안하게 누워 있는 모습이나 목욕이 끝난 후 몸을 말리고 분가루를 바르는 모습 등을 100여 점이 넘는 작품으로 남겼다.

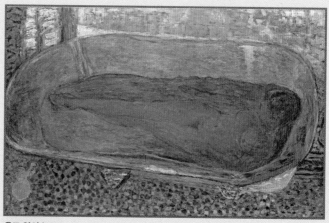

욕조 안의 누드
94×144cm, 캔버스에 유채, 개인 소장, 1935년

식탁이 있는 방
164.4×205.7cm, 캔버스에 유채, 미네아폴리스 미술연구소, 1913년

마르트는 나이가 들수록 정신 질환 증세가 심해지고 건강도 나빠졌다. 그리고 분명 나이가 들어가면서 젊은 시절의 탄력 있는 몸매를 잃었겠지만 보나르는 결코 그녀의 몸을 나이 든 모습으로 그리지 않았다. 보나르에게 마르트는 변함없는 매력을 간직한 뮤즈로서 무려 384점이나 되는 그림 속에 남아 있다. 이토록 많은 그림을 그리는 동안 마르트는 관찰자의 시선이 불편했을지도 모르지만 그래도 항상 누군가가 자신을 주시하는 상황을 자연스럽게 받아들였다. 보나르는 마르트의 예술적 헌신에 힘입어 자신의 예술을 한 사람에게만 전적으로 집중할 수 있었고 그 결과 대중에게 사랑받는 감미로운 그림들이 탄생했다. 실내 정경을 화려하게 수놓은 풍성한 색채와 따뜻한 빛 속에서 마르트에 대한 보나르의 찬미가가 들려오는 듯하다.

그림과 전설 사이

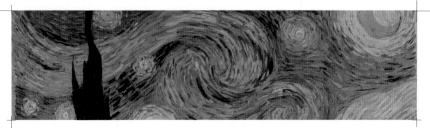

전설이 된 거장들

;

신비로운 여인의 미소
레오나르도 다빈치 〈모나리자〉
Leonardo da Vinci

"아는 것만으로는 부족하다. 적용해야 한다.
생각하는 것만으로는 부족하다. 행동해야 한다."

모나리자 Mona Lisa
77×53cm, 패널에 유채, 루브르 박물관, 1503~1506년

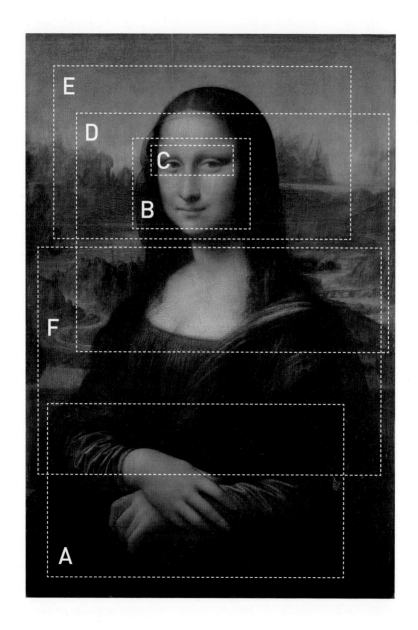

이 여인의 신비로운 미소는 보는 이에게 달려 있다.

A. 자연스러움

피렌체의 부유한 상인인 프란체스코 델 조콘도는 다빈치에게 자신의 부인 리자 게라르디니의 초상화를 그려달라고 의뢰한다. 다빈치는 이 초상화를 제작하는 데 보통 이상의 정성을 기울였고 작업 기간만 수 년이 걸렸다. 다빈치는 계속되는 작업으로 지치고 지루해하는 부인을 위해 그림을 그릴 때마다 악사와 광대를 화실로 불러 편안한 자세와 함께 정숙한 미소를 머금은 자연스러운 표정을 이끌어냈다.

B. 스푸마토

다빈치는 여인의 신비로운 미소를 더욱 강조하기 위해 '스푸마토'라는 기법을 사용했다. 스푸마토는 이탈리아어로 '흐릿함'을 뜻하는데 특정 부분을 안개가 낀 듯 흐릿하게 처리하는 기법이다. 다빈치는 여인의 눈꼬리와 입의 가장자리를 흐릿하게 처리해 미소를 부드러우면서도 모호하게 만들었다.

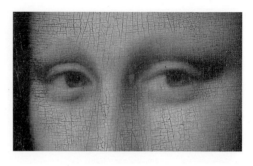

C. 눈썹이 없는 초상화

이 그림은 눈썹이 없는 초상화로
유명하다. 눈썹이 없는 이유에
대해서는 여러 가지 설이 있다.
당시에는 넓은 이마를 미의 기준으로 여겨 여성들 사이에 눈썹을 뽑는 게 유행했다는
설이다. 또는 복원 과정 중 생긴 부주의로 눈썹이 지워졌다는 설도 있고 미완성이기
때문에 눈썹이 없다는 설 등 여러 가지 주장이 분분하다.

D. 배경

다빈치는 당시로서는 드문
방법인 인물을 배경보다 높
이 배치하여 더 넓은 배경을 그림에 담고자 한 자신의 의도를 드러냈
다. 여인의 뒤로 보이는 배경에는 산과 강, 구름 등 변화무쌍한 자연
의 모습이 그려져 있다. 인생의 끊임없는 활동들을 표현하는 듯한 굴
곡진 길과 산등성이, 굽이치는 강물은 그림 전경에 활력과 생기를 불
어 넣고 있어 초상화 특유의 정지되어 있는 느낌이 들지 않는다.

E. 신비의 미소

이 여인의 미소는 보는 사람에 따라 다른 표정이 보인다. 이는 지극히 과학적인 원리인데 스푸마토 기법으로 만들어진 뿌연 윤곽선이 감상자의 시신경에 혼란을 주기 때문이다. 그래서 얼핏 보기에는 싱그러운 미소를 짓는 표정처럼 보이다가도 약간 우울한 표정 같아 보이기도 하며 가끔은 무표정으로도 보인다. 그녀의 미소가 '신비의 미소'라고 불리는 것은 이러한 이유에서일 것이다.

F. 다빈치의 애착

다빈치는 무슨 이유에서인지 이 그림을 의뢰인에게 돌려주지 않았다. 그림을 그리면서 이 그림에 강한 애착을 느낀 것 같다. 어디를 가든지 가지고 다녔다고 하니 이 그림에 대한 다빈치의 애착이 어느 정도였는지 짐작할 수 있다. 다빈치는 이 오묘한 초상화에서 조콘다 부인의 모습뿐만 아니라 모든 인류의 따뜻한 모성애를 느끼지 않았을까?

레오나르도 다빈치

Leonardo da Vinci 1452~1519

레오나르도 다빈치는 그림뿐 아니라 조각, 건축, 음악, 시, 철학, 수학, 물리학, 해부학 등 다양한 분야에서 뛰어난 재능을 보여 세상을 놀라게 한 천재입니다. 하지만 이 천재에게도 치명적인 약점이 있었으니 매우 변덕이 심하고 끈기도 부족했다는 것입니다. 그래서 주문받은 일감을 끝까지 완성하지 않는 일이 잦았습니다.

그림을 그리다가 조각이 하고 싶어지면 그림을 옆으로 밀쳐버리고 조각을 시작하거나 이제 막 시작한 조각이 싫증나면 기계 설계를 하는 일이 허다했습니다. 그래서 그의 작품들은 미완성으로 남은 경우가 많으며 연구하고 설계한 기계들도 대부분 완성되지 못했습니다. 하지만 다빈치가 상상하고 설계한 것들이 수백 년 후에 현실화된 것을 생각하면 그가 얼마나 경이로운 지식인이자 예술가였는지 알 수 있습니다. 오늘날 레오나르도 다빈치는 전형적인 르네상스인이자 이탈리아 르네상스를 대표하는 예술가로 평가받고 있습니다.

〈수태고지〉 1472~1475년

;

샛별이 반짝이는 몽환적인 밤
빈센트 반 고흐 〈별이 빛나는 밤〉
Vincent van Gogh

"내가 확신을 가지고 모든 것을 안다고 말할 수는 없지만
밤하늘의 수많은 별들은 나를 꿈꾸게 만든다."

Y

별이 빛나는 밤 The Starry Night
73×92cm, 캔버스에 유채, 뉴욕 현대 미술관, 1889년

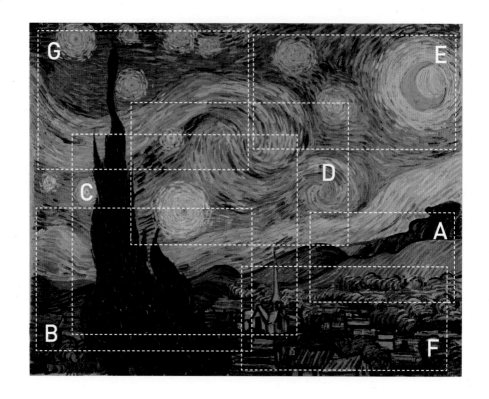

그림 속 그날 밤에 고흐가 보았던 밤하늘은
얼마나 아름다웠을까?

A. 고흐의 내면세계

〈별이 빛나는 밤〉은 의심의 여지없이 고흐의 작품 세계를 대표하는 매력적인 작품이다. 수많은 복제품으로 우리 일상 속에 깊이 스며들어 친숙한 이미지가 되어버린 이 작품은 주체할 수 없는 고독에 휩싸여 불안에 떨고 있는 고흐의 내면세계를 가장 정확하게 드러낸 작품이다. 화가들의 공동체를 만들고 싶었던 고흐의 꿈은 고갱과 불화하면서 물거품이 되었고, 이후 정신적으로 지탱하기 힘든 지경에 이른다. 결국 고흐는 자신의 정신적인 병을 인정하고 생레미의 정신병원에 스스로 입원했다. 하지만 그림 그리는 것을 멈추지는 않았으며 그곳에서 여러 점의 작품을 완성했다.

B. 기억과 상상력의 결합

이 그림 또한 생레미의 정신병원에서 완성한 것으로 병실 창문으로 내다본 밤하늘을 그린 것이다. 하지만 그림 속의 풍경은 실제 풍경과 다소 다르다. 자신이 보았던 밤 풍경의 기억과 상상을 결합해 그렸기 때문이다. 그렇기 때문에 현실의 풍경이라고 할 수는 없다.

C. 사이프러스 나무

왼쪽에 보이는 불꽃 같은 사이프러스 나무도 고흐가 임의로 그려 넣은 것이다. 당시 사이프러스 나무의 매력에 푹 빠져 있던 그는 사이프러스 나무가 이집트의 오벨리스크만큼 아름답다고 습관처럼 말하곤 했다. 사이프러스 나무는 전통적으로 죽음과 연결되는 소재지만 그는 이 나무를 불길한 시선으로 바라보지 않았다. 하늘을 찌를 듯이 높이 솟은 사이프러스 나무는 고흐에게 힘찬 생명력과 강렬함의 원천이었다.

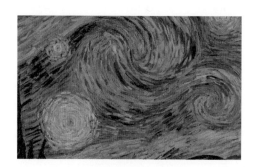

D. 하얗고 커다란 샛별

사이프러스 나무 오른쪽으로 시선을 옮기면 소용돌이처럼 굽이치는 별 무리가 펼쳐진다. 고흐는 동생 테오에게 보낸 편지에서 해가 뜨기 전에 창문을 통해 큰 별을 보았다고 했다. 그 별은 사이프러스 나무와 그림 중앙 사이에 있는 하얗고 커다란 별일 것이다. 몇몇 학자들은 1889년 봄에 이곳 프랑스 남동부에서 금성을 관측할 수 있었다는 것을 근거로 그림 속의 하얗고 커다란 별이 금성일 거라고 추측한다.

E. 격렬한 감정 표현

오른쪽 상단에는 은은한 황금
빛을 발하는 달도 보인다. 감상
자로 하여금 밤하늘 속으로 빨
려 들어가는 느낌을 주는 동적
인 터치는 강렬한 색채와 결합하여 화가의 감정을 더욱 격렬하게 표현한다.

F. 고독과 우울의 기록

이와는 대조적으로 밤하늘 아래로
보이는 마을 풍경은 고요하고 평
온하다. 하지만 마을의 풍경에도
고독과 우울이 드리워져 있다. 그
림 속의 모든 풍경이 고흐의 우울하고 불안한 심리 상태를 반영하고 있는 것이다.

G. 열정적인 붓질

열정적인 붓질로 자신의 고통을
그림으로 분출하려고 했던 화가
는 별이 빛나는 밤하늘에서 자
신의 내면세계를 발견했다. 깊고
깊던 그날 밤, 고흐를 비추던 별은 오늘도 누군가를 비추고 있을 것이다.

빈센트 반 고흐
Vincent van Gogh 1853~1890

고흐는 네덜란드 북부의 그루트 준데르트라는 작은 마을에서 목사의 아들로 태어났습니다. 가정 형편 때문에 15세에 학업을 중단하고 돈을 벌어야 했던 그는 헤이그의 화랑에서 일하게 되었습니다. 처음에는 모범적인 직원으로 인정받았지만 손님들과 그림에 대한 관점 차이로 언쟁을 자주 벌여 얼마 못 가서 해고되고 말았습니다. 그 후 아버지를 따라 목사가 되기로 결심했지만 신학대학에 낙방한 고흐는 벨기에의 가난한 광산촌에서 설교 활동을 했습니다.

광산에서 지내던 고흐는 목탄화를 그리며 화가의 꿈을 가지게 되었습니다. 화상이었던 동생의 지원을 받으며 작품 활동을 이어나가던 중, 1888년 화가들의 공동체를 만들겠다는 포부를 가지고 남프랑스 아를로 갔습니다. 그는 그곳에서 '노란 집'을 빌린 후 평소 동경하던 고갱과 함께 살았지만 정신 질환 증세가 악화되어 결국 생레미의 정신병원에 입원했습니다. 고흐는 그곳에서도 작품 활동을 멈추지 않았고 퇴원 후 정착한 오베르 쉬르 우아즈에서도 여러 점의 작품을 남기고 생을 마감했습니다. 고흐는 생전 단 한 점의 그림을 판매한 불운의 화가였지만 세월이 흐른 지금 서양미술사상 가장 위대한 화가 중 한 명으로 전설적인 화가의 대명사가 되었습니다.

〈밤의 카페테라스〉 1888년

;

바로크의 개화를 알리다
카라바조 〈성 마태오의 소명〉

Caravaggio

"카라바조의 작품으로 시작된 것은
간단히 말해, '현대 회화'이다."

성 마태오의 소명 Calling of Saint Matthew

348×338cm, 캔버스에 유채, 산루이지 데이 프란체시 성당 , 1599~1600년

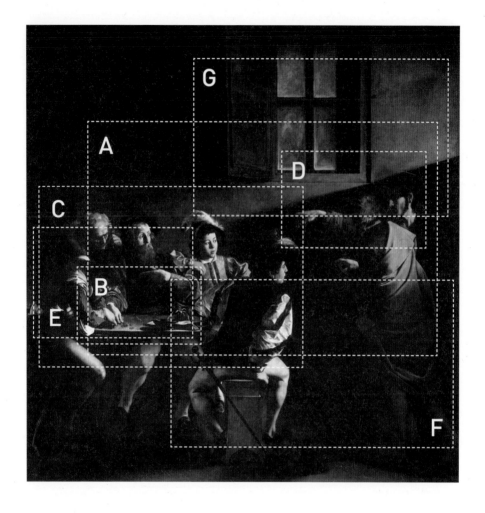

카라바조가 사용한 빛과 어둠의 극적인 효과는
렘브란트와 벨라스케스 그리고 할스에게 이어진다.

A. 마태복음

마티유 콩트렐 추기경이 산 루이지 데이 프란체시 성당 예배당을 장식하기 위해 주문한 이 작품은 종교적인 목적에 걸맞게 성경에 나오는 이야기를 다루고 있다. 그 이야기는 《마태복음》에서 시작한다.

"예수께서 그곳을 떠나 길을 가시다가 마태오라는 사람이 세관에 앉아 있는 것을 보시고 말씀하셨다. '나를 따르라.' 그러자 마태오는 일어나 그분을 따랐다."

B. 마태오의 직업

《마태복음》의 내용에서 확인할 수 있듯이 이 그림의 배경은 세관이다. 《마태복음》의 저자인 마태오의 직업은 세금 징수원이었다. 세금 징수원은 인두세를 거두어들이는 일을 했기 때문에 당시 사람들은 세금 징수원을 멸시했고, 돈을 위해서라면 수단과 방법을 가리지 않는 비리로 가득 찬 직업이라고 생각했다.

C. 세금 징수원의 업무

장부와 돈 등 세금 징수원의 업무와 관련된 물건들이 놓여 있는 탁자에는 마태오 이외에도 4명의 세금 징수원이 앉아 있다. 문이 열리는 소리가 들리자, 오른쪽에 있던 3명의 인물은 입구를 쳐다보지만 왼쪽의 두 인물은 돈을 세는 데 집중하고 있다.

D. 극적인 효과

예수 그리스도와 그의 제자
베드로는 어디선가 비추는
찬란한 빛과 함께 등장해 극
적인 효과를 연출하고 있다.

어둠 속에서도 뚜렷하게 강조된 강인한 눈매와 오뚝한 코, 가지런한 턱수염과 튀어나
온 힘줄을 가진 예수 그리스도는 강직한 자태로 손을 뻗어 누군가를 가리킨다. 하지
만 이렇게 사실적이고 인간적으로 그려진 예수 그리스도의 모습은 따뜻함이 전혀 느
껴지지 않는 사나운 폭력배 같다며 교회의 비난을 받기도 했다.

E. 누가 마태오인가?

이 그림의 논란거리 중 하나
는 그리스도의 손이 지목한
마태오가 과연 누구인가다.

마태오라고 추정되는 인물은 2명이다. 식탁 가운데에서 스스로를
가리키는 손짓과 표정을 짓고 있는 턱수염을 기른 인물과 가장
왼쪽에서 고개를 숙인 채 돈을 세는 인물이다. 턱수염을 기른 인
물의 손짓이 다소 모호하게 그려져 있기 때문에 돈을 세는 사람
을 가리키는 것처럼 보이기도 한다. 하지만 마태오를 그린 카라바
조의 다른 그림에서 턱수염을 기른 남자가 모델로 계속 등장한다
는 사실을 근거로 탁자 가운데의 턱수염을 기른 남자가 가장 유
력한 후보로 꼽히고 있다.

F. 인물들의 옷차림

이 작품의 다른 흥미로운 점
은 인물들의 옷차림이다. 성
서의 이야기를 근거로 그림
을 그렸다면 중동의 옷차림을 한 인물들이 등장하는 것이 일반적이다. 하지만 예수
그리스도와 베드로는 맨발에 튜닉과 망토를 걸치고 있으며 탁자에 앉아 있는 인물들
은 착 달라붙는 바지와 줄무늬 셔츠를 입고 깃털 달린 모자를 쓰고 있는 등 당대에 유
행하던 스페인풍의 의상을 입고 있다.

G. 현대적인 재현

카라바조는 성경 속 이야기를 당시 옷차림을 입은 인물들을 통해 현
대적으로 재현하여 사실성을 부여하는 실험을 했다. 이처럼 카라바
조는 전통에 얽매인 종교화가 아니라 시대를 초월해 큰 감동을 주는
그림을 그렸다. 종교적인 주제에 국한되어 있던 당시에 이런 실험을
한다는 것은 그가 타인의 시선을 조금도 개의치 않았다는 것을 의미
한다. 또한 도전 정신과 함께 놀라운 예술성과 천재성을 지닌 화가였
다는 사실을 증명한다.

카라바조
Caravaggio 1571~1610

본명은 미켈란젤로 메리시 다 카라바조이지만 그가 태어난 도시 이름인 '카라바조'로 더욱 잘 알려져 있습니다. 카라바조는 밀라노에서 건축가의 아들로 태어났지만 20세가 되기 전에 아버지와 어머니 모두 사망하여 삶이 평탄치 못했습니다. 그는 밀라노의 화가 시모네 페테르차노에게 그림을 배운 후 로마로 갔습니다. 마땅한 일자리를 찾을 수 없어 이곳저곳을 떠돌며 그림을 그리던 카라바조는 프란체스코 마리아 델 몬테 추기경을 만나게 되었습니다. 그의 재능을 알아본 델 몬테 추기경 덕분에 카라바조의 작품은 세상의 주목을 받으며 인기는 날로 치솟았고, 유럽 전역에서 카라바지스티라고 불리는 카라바조의 추종자들도 생겨났습니다.

카라바조는 범죄의 어두운 그림자를 지닌 화가로도 아주 유명한데 미술계 역사상 카라바조처럼 위험천만하고 영화 같은 삶을 산 화가는 없을 것입니다. 그는 하루가 멀다 하고 싸움을 벌였으며 급기야 살인을 저질러 사형을 선고받았습니다. 감옥에서 탈출한 그는 현상금이 걸린 채 몇 년 동안 불안한 도피 생활을 했고, 얼마의 시간이 흐른 후에야 교황의 사면을 받게 되었습니다. 하지만 그다음에는 무슨 일이 일어났는지 증거가 불충분해 단순히 토스카나 지역 어디에서 열병으로 죽었을 거라고 추측할 뿐입니다.

〈그리스도의 체포〉 1602년

;

회화의 신학 대전
디에고 벨라스케스 〈시녀들〉

Diego Velazquez

"나는 높은 수준의 미술에서 2등이 되기보다는
평범한 것들의 1등 화가가 되겠다."

시녀들 Las Meninas
318×276cm, 캔버스에 유채, 프라도 미술관, 1656년

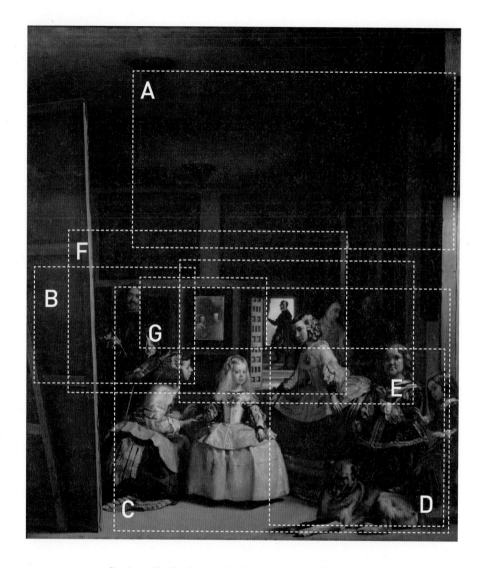

그림 속 난쟁이들에게 자꾸 시선이 간다면
《바르톨로메는 개가 아니다》라는 소설을
기꺼이 추천한다.

A. 알카사르 궁전

작품의 배경은 발타사 카를로스 왕자가 사용했던 마드리드의 알카사르 궁전 내부의 방이다. 펠리페 4세와 첫 번째 왕비 엘리자베스 사이에서 태어난 외아들 발타사 카를로스는 1646년에 사망한다. 예술을 사랑했던 펠리페 4세는 벨라스케스에게 이 방을 하사해 자신의 작업실이자 소장품들을 전시하는 궁정 박물관으로 조성하도록 했다. 뒤쪽 벽면에 걸려 있는 왕의 소장품들이 보이는가?

B. 궁정 화가의 자존심

그림 가장 왼쪽에서 붓과 팔레트를 들고 커다란 캔버스 앞에 서 있는 인물은 벨라스케스다. 벨라스케스는 그림 속에 자신의 모습을 그려 넣어 당시에 천대받던 화가의 모습이 아니라 왕실과 돈독한 관계를 유지하던 궁정 화가의 우월성을 강조했다. 벨라스케스는 산티아고 기사단의 상징인 붉은 십자가가 그려진 옷을 입고 있는데 그림을 제작할 당시에는 기사단의 일원이 아니었다. 따라서 이 십자가는 기사단에 소속된 때인 3년 후에 덧칠했을 것이다.

C. 마르가리타 공주

작품 속에는 여러 명의 인물이 등장한다. 동시대의 스페인 화가 안토니오 팔로미노가 남긴 기록이 없었다면 이 인물들이 누구인지 파악하는 데 큰 어려움이 있었을 것이다. 팔로미노는 직접 마드리드를 방문해 벨라스케스와 친분이 있는 궁정 인사들을 만나 그림 속 인물들이 누구였는지 듣고 자세하게 기록했다.

그림 중앙에 있는 여자아이는 펠리페 4세와 그의 두 번째 왕비 마리아나 사이에서 태어난 마르가리타 공주다. 당시 5세였던 마르가리타 공주는 두 명의 시녀에게 둘러싸여 있다. 무릎을 꿇고 음료를 건네는 시녀는 도냐 마리아 아우구스티나 데 사르미엔토이며 공주의 오른쪽에서 살짝 고개를 숙이고 서 있는 시녀는 도냐 이사벨 데 벨라스코다.

D. 난쟁이

그림 우측에는 두 명의 난쟁이가
보인다. 감상자를 응시하고 있는
마리바르볼라와 개에게 짓궂은
장난을 치고 있는 니콜라스 페르

투사토이다. 당시의 왕실 초상화에는 난쟁이가 자주 등장한다. 난쟁이
의 볼품없고 우스꽝스러운 외모는 왕족의 품위 있는 외모와 대조되어
주인공을 돋보이게 만드는 역할을 하기 때문이다.

E. 공간의 확장

이들의 뒤로는 시녀장
인 도냐 마르셀라와
신원이 확인되지 않은

호위병이 서 있으며 좌측에는 열린 문의 계단을 올라가고 있는 왕비의 시종이 보인
다. 그 옆의 거울에는 펠리페 4세와 마리아나 왕비의 모습이 비친다. 벨라스케스는 열
린 문과 거울을 통해 공간을 확장하는 방식을 종종 사용했는데 이 작품에서도 그러
한 방식을 사용했다.

F. 복잡한 시점

이 거울은 또한 복잡한 시점을 유도해 감상자의 시선과 사물 사이
의 관계를 불확실하게 만든다. 국왕 부부는 벨라스케스가 초상화
를 그리고 있는 곳에 방문해 감상자와 같은 위치에서 공주를 지켜보
고 있었거나, 그 위치에서 자신들이 모델이 되어 서 있고 벨라스케
스가 그 모습을 그리고 있었을 수도 있었다. 또는 벨라스케스의 앞
에 놓인 커다란 캔버스에 국왕 부부가 그려져 있어 그 모습이 거울
에 비친 것일 수도 있다. 하지만 거울에 비친 국왕 부부가 어디에 서
있으며 무엇을 하고 있는지는 알 수 없다. 오직 벨라스케스만이 알
고 있을 것이다.

G. 역사상 최고의 명화

이러한 복잡성 덕분에 이 작품은 수수께끼로 남아 있으며 가장 많이 연구된 그림 중 하나이다. 1980년대에 어느 미술 잡지에서 미술계 저명인사들에게 "역사상 최고의 명화는 무엇인가?"라는 대담한 질문을 했는데 놀랍게도 대부분이 주저 없이 〈시녀들〉이라고 대답했다. 바로크 시대의 뛰어난 화가 루카 조르다노도 이 작품을 '회화의 신학 대전'이라고 표현했다. 사실적인 인물 표현과 그들 사이의 미묘한 감정을 잘 포착한 그룹 초상화 속에 교묘한 시각적 장치를 숨겨둔 벨라스케스의 치밀함이 이 작품을 미술계 인사들의 절대적 지지를 받게 한 원동력이 아니었을까?

디에고 벨라스케스
Diego Velazquez 1599~1660

디에고 벨라스케스는 스페인 세비야의 하급 귀족 가문에서 태어났습니다. 어린 시절부터 그림에 재능을 보였던 그는 12세에 세비야에서 활동하던 화가 프란시스코 파체코의 도제로 들어가 그림을 공부했습니다. 18세 때 화가로 독립한 벨라스케스는 17세기 초 전 유럽을 매혹시킨 카라바조의 극적인 명암법을 적극적으로 차용했고 이 기법으로 종교화나 장르화를 즐겨 그렸습니다. 1620년대에 이르자 그는 세비야에서 명성을 떨치는 화가가 되었습니다.

얼마 후 벨라스케스는 왕이 있는 마드리드로 향하게 되었는데 때마침 궁정 화가 중 한 명이 죽어 그 자리를 대신할 사람이 필요했습니다. 새로 즉위한 펠리페 4세는 벨라스케스가 그린 초상화를 보고 크게 만족하여 그를 궁정 화가로 임명했고 자신의 초상화를 벨라스케스 외에는 아무도 그리지 못하게 명령을 내리기도 했습니다. 벨라스케스는 두 번의 이탈리아 여행 기간을 제외하고 죽을 때까지 마드리드의 궁전에 머물며 왕족과 신하, 궁정의 난쟁이와 어릿광대 등의 초상화를 그렸습니다. 주로 궁정에서만 작업했기 때문에 당대에는 널리 알려지지 않았지만 현재는 초상화의 대가로 인정받는 동시에 17세기 스페인 회화의 중심인물로 평가받고 있습니다.

〈푸른 드레스를 입은 마르가리타 공주〉 1659년

;

단체 초상화의 혁신을 가져오다
렘브란트 반 레인 〈야간 순찰〉

Rembrandt van Rijn

"그림은 화가가 완성되었다고 느껴야만 완성된 것이다."

야간 순찰 The Night Watch

363×437cm, 캔버스에 유채, 암스테르담 국립 박물관, 1642년

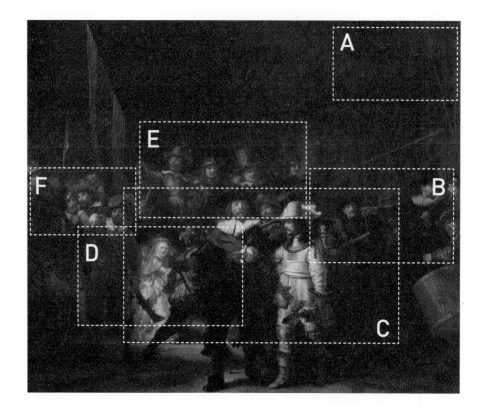

이 그림에 덮여 있던 어두운 바니쉬는 그림을
더욱 어두워 보이게 했고, 결국 그림의 배경이
밤이라고 여겨 '야간 순찰'이라는 제목이 붙었다.

A. 암스테르담 민병대

그림 속에 등장하는 인물들은 암스테르담 민병대 대원들이다. 당시의 민병대는 성문을 지키거나 치안을 담당하는 일은 물론 시가지를 행진하거나 사격 대회를 여는 등 도시의 행사들도 담당했으며 남성들의 사교 집단 역할도 했다. 민병대원들은 새로 지은 민병대 본부 건물 벽에 자신들의 초상화를 걸면 좋겠다고 생각했다. 그래서 비용을 모아 당시 명성이 자자했던 렘브란트에게 단체 초상화를 의뢰했다. 성문에 걸려 있는 방패에는 초상화에 포함되기 위해 비용을 지불한 민병대원 18명의 이름이 새겨져 있다.

B. 관습을 뒤엎다

그림을 의뢰받은 렘브란트는 대담한 구상을 하기 시작했다.
전통적으로 단체 초상화는 마치 졸업 사진처럼 정확하게 줄을 맞춰 서 있거나 앉아 있는 식의 구상이 일반적이었지만, 렘브란트는 그런 딱딱하고 경직된 구상이 아닌 활력과 생기가 넘치는 구상을 염두에 두었다. 그래서 줄을 맞춰 서 있는 민병대원들을 그리는 대신 출동을 위해 분주하게 움직이는 민병대원들의 역동적인 모습을 그렸다. 이것은 당시 단체 초상화의 관습적인 규범을 완전히 뒤엎은 것이었다.

C. 두 명의 핵심 인물

렘브란트는 민병대의 핵심
인물 두 명에게 스포트라이트를 비추고 있다. 붉은색 띠 장식이 달린 검은 옷을 입은
인물은 프란스 반닝 코크 대장이다. 그림을 뚫고 나올 듯 사실적으로 묘사된 그의 왼
손은 민병대원들에게 전진할 것을 명령하고 있는 듯하다. 그의 오른쪽에는 부대장 빌
렘 판 로이텐부르크가 창을 들고 서 있다. 화면 제일 앞에 배치된 두 인물이 그림을 대
칭으로 나누고 있어 안정감이 느껴진다.

D. 민병대의 마스코트

여기 렘브란트의 조명을 받
고 있는 또 다른 인물이 있
다. 칙칙한 민병대원들 사이에서 영롱한 빛을 발하고 있는 한 소
녀이다. 렘브란트는 이 소녀를 통해 민병대의 상징을 자연스럽게
드러내고 있다. 소녀가 들고 있는 커다란 술잔과 허리춤에 매달린
닭의 발톱은 암스테르담 민병대의 전통적인 상징이었다. 또한 소
녀의 노란색 옷은 종종 승리와 연관지어 사용되었으며 죽은 닭은
패배한 적을 표현한다. 소녀의 오른쪽에 보이는 참나무 잎이 달린
투구도 민병대의 전통적인 상징이었다.

E. 불만을 터뜨린 민병대원들

하지만 세 명을 제외한 나머지 인물들은 빛을 별로 받지 못해 어둡고 칙칙하게 그려졌다. 심지어 그들 중 일부는 앞사람에게 가려 반밖에 보이지 않거나 겨우 얼굴만 드러내고 있다. 자신들이 밝은 배경 속에 멋진 옷을 차려입은 채 영웅적인 모습으로 그려졌을 거라고 기대했던 민병대원들은 불만을 터뜨렸다. 모두 같은 비용인 100길더를 지불했기 때문에 그림 속에서 뚜렷하게 보이지 않거나 몸의 반 이상이 가려진 민병대원들이 불만을 토로한 것은 당연한 일이었다.

F. 렘브란트의 위대한 독창성

이 작품은 그림의 예술성을 강조한 나머지 개개인의 초상을 희생시켰다는 비난을 받을 수도 있지만 렘브란트가 이 작품 때문에 의뢰가 끊겨 파산에 이르렀다는 통설은 근거 없는 낭설이다. 그가 살아 있는 동안 이 작품에 대한 공식적인 비평은 없었으며 반닝 코크 대장은 그림이 마음에 들었는지 개인 소장용 복사본을 주문하기도 했다. 렘브란트의 파산 원인은 오히려 대중의 취향 변화일 가능성이 높은데, 1640년대부터 대중들이 밝고 우아한 분위기의 초상화를 선호했기 때문이다. 하지만 이 작품은 미술사에서 단체 초상화의 지위를 드높이기에 충분하다. 렘브란트의 위대한 독창성은 자칫하면 지루해 보일 수 있는 인물들을 무대 위로 끌어올렸고 그의 붓질은 곧 스포트라이트가 되었다.

렘브란트 반 레인
Rembrandt van Rijn 1606~1669

네덜란드가 자랑하는 위대한 화가 렘브란트는 어린 시절부터 미술에 소질을 보였습니다. 레이덴에서 태어난 그는 레이덴의 화가 야콥 반 스바넨부르크에게 기본적인 미술 교육을 받고 암스테르담으로 나가 역시 화가로 유명했던 피테르 라스트만에게 장르화를 배웠습니다. 그 후 고향으로 돌아와 아틀리에를 차린 렘브란트는 일상 생활을 그린 장르화나 종교적인 주제의 그림들을 꾸준히 그리며 실력을 연마했습니다.

렘브란트는 암스테르담 의사조합의 주문을 받아 그린 그룹 초상화인 〈니콜라스 튈프 박사의 해부학 강의〉라는 작품으로 호평을 받으면서 암스테르담 최고의 초상화가로 인정받게 되었습니다. 그 후 그는 부와 명예를 누리며 많은 제자를 거느렸지만 아내가 죽으면서 고통스러운 시기를 보내다가 결국 파산하게 됩니다. 이 시기부터 렘브란트는 끊임없이 자화상을 그렸고 하나둘씩 떠나간 가족들을 따라 비극적인 끝을 맞이했습니다.

〈벨사살 왕의 연회〉1635년

;

수수께끼로 가득한 그림
조르조네 〈세 명의 철학자들〉

Giorgione

"그는 다른 화가가 시도했던 것을
따라하는 것이 되지 않도록 조심했다."

세 명의 철학자들 The Three Philosophers
144×123cm, 캔버스에 유채, 빈 미술사 박물관, 1505~1509년

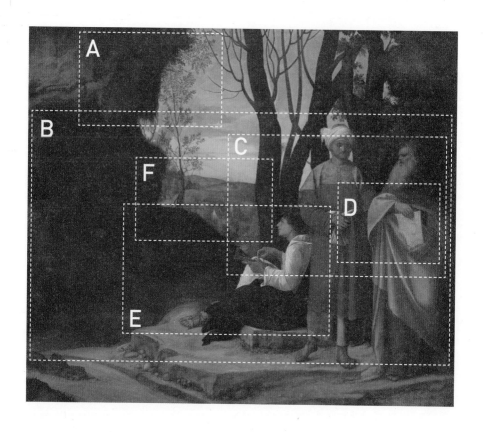

상상력을 최대한 발휘해
이 철학자들이 어떤 의미로 그려졌을지 생각해보라.

A. 제목조차 알 수 없는 그림

미술사의 수수께끼로 남아 있는 이 작품은 조르조네의 행적만큼이나 알려진 사실이 거의 없다. 이 작품에 대해 알려진 거라고는 조르조네가 죽기 일 년 전에 그의 제자 세바스티아노 델 피옴보를 통해 완성되었고, 그림의 주문자가 점성술과 연금술에 관심이 많았던 베네치아의 무역상 타데오 콘타리니라는 것이 전부이다. 심지어 작품의 정확한 제목조차 알 수 없다. '세 명의 철학자'라는 제목은 당시 이 그림을 보고 기록을 남긴 마르칸토니오 미켈이 처음으로 붙인 것이다.

B. 이들은 누구인가

이 그림은 정확한 제목조차 알 수 없지만 미술사학자들의 관심을 한 몸에 받는다. 이유가 무엇일까? 뚜렷이 대조되는 등장인물들의 몸짓과 복장, 소품들이 그림 속에서 각각 상징과 의미가 다르다는 것을 보여주며, 감상자들의 호기심과 상상력을 자극하기 때문이다. 여러 세기 동안 이 세 명의 철학자가 누구인지에 대해 여러 주장이 있었다. 그중 널리 받아들여진 것 중 하나는 이들이 예수 그리스도의 탄생을 경배하러 나선 세 명의 동방박사라는 주장이었다. 하지만 이 주장은 19세기 말부터 설득력을 잃기 시작했다. 이들은 서로 다른 곳에서 어쩌면 서로 다른 시대에서 온 것이 명백해 보이기 때문이다.

C. 고전의 전래

설득력 있는 또 다른 주장은 이들이 고전의 전래 과정을 상징한다는 해석이다. 고대 그리스의 철학자들은 기록을 통해 고전을 남겼고, 저명한 이슬람 철학자들은 서구 고전 번역 운동으로 학문적 성취를 이루었으며, 그 학문적 성취들이 르네상스가 꽃을 피우던 이탈리아로 전해졌다는 역사적 사실을 고대 그리스의 철학자, 중동의 철학자, 유럽의 젊은 철학자로 보이는 인물들을 통해 암시한다는 것이다. 이 해석이 설득력 있게도 나이 든 그리스 철학자는 중동의 철학자에게 고서를 보여주며 전달하려고 한다. 그리고 그 고서는 이탈리아 르네상스를 상징하는 젊은 철학자에게 전달될 거라고 예상할 수 있다.

D. 세 철학자들을 향한 추측

하지만 여전히 많은 주장들이 제기되고 있다. 이들이 그저 인생의 세 단계인 젊은 시절과 중년 시절, 노년 시절을 뜻한다는 주장과, 유럽 문명의 고대, 중세, 르네상스를 상징한다는 주장, 심지어 이들이 그리스 로마 신화에 등장하는 에반드로스 왕과 그의 아들 팔라스 그리고 동맹자가 된 아이네이아스를 상징한다는 주장도 있으며 이들이 각각 이스라엘의 왕 솔로몬과 티레의 왕 히람 1세 그리고 그의 숙련된 일꾼 히람아비프일 수도 있다는 등 여러 의견이 분분하다.

E. 젊은 철학자

이 젊은 철학자도 여러 추측의
주인공이 되고 있다. 한 미술사
가의 주장에 따르면 이 젊은 철
학자는 피타고라스이며 나머지
둘은 그의 스승 탈레스와 페레

키데스이다. 실제로 탈레스는 오늘날의 터키 지역 출신이었으며 페레키데스는 시리
아인으로 잘못 알려지기도 했으니 그리 지나친 억측은 아닌 것 같다. 그가 정말 피타
고라스였다면 손에 쥐고 있는 눈금 없는 자와 스승의 왼손에 쥐어진 컴퍼스로 정오각
형을 그리고 있었을지도 모를 일이다. 어둠으로 가득한 동굴을 관찰하는 그의 모습은
아직 밝혀지지 않은 사실들을 분석하는 데 열중했던 르네상스 시대의 과학 혁명을 연
상시키기도 한다.

F. 자유로운 해석

그림의 원경에는 사방이 산
으로 둘러싸인 평화로운 마

을이 보인다. 그 뒤로 보이는 가장 먼 곳의 산은 신비로운 푸른색으
로 채색되었는데 어두운 색조와 따뜻한 색조를 사용하여 의도한 원
근감이라고 하기에는 다소 이질적인 느낌이 든다. 이 신비로운 푸른
산 위로 떠오르고 있는 태양은 르네상스 다음으로 도래할 새로운 시
대에 대해 예고라도 하고 있는 것일까? 정답은 그 어디에도 없다. 그
답은 감상자의 자유로운 해석에 달려 있을 뿐이다.

조르조네
Giorgione 1477(?)~1510

조르조네는 그가 남긴 수수께끼 같은 작품만큼이나 미스터리한 화가입니다. 최초의 미술사가 중 한 명으로 거론되는 조르조 바사리의 《미술가 열전》만이 그의 생애를 조금이나마 들여다보게 해줍니다. 바사리는 조르조네가 음악에도 재능이 있었으며 온화한 성품과 함께 로맨틱한 매력을 발산했던 미남이었다고 기록하고 있습니다. 조르조네는 베네치아 화파의 창시자인 조반니 벨리니의 문하에서 그림을 배우며 명성을 넓혀갔습니다. 그의 재능은 매우 일찍부터 인정받았습니다. 조르조네는 23세 때 베네치아공화국 총통의 초상화를 그리라는 명을 받았고 26세 때는 용병대 대장의 초상화를 그리기도 했습니다. 하지만 이 젊은 화가는 당시 유행하던 흑사병으로 30대 초반의 나이에 요절했습니다. 당시 사람들에게 찬사를 받았던 조르조네의 작품이 고작 여섯 점만 남아 있다는 것은 아직까지도 미술계의 미스터리입니다.

〈폭풍〉 1507~1508년경

;

네덜란드의 모나리자
요하네스 베르메르
〈진주 귀걸이를 한 소녀〉
Johannes Vermeer

"베르메르의 가장 주목할 만한 특징은 바로 그가 사용한 빛이다.

진주 귀걸이를 한 소녀 The Girl with a Pearl Earring
44×39cm, 캔버스에 유채, 마우리츠하이스 왕립 미술관, 1665년

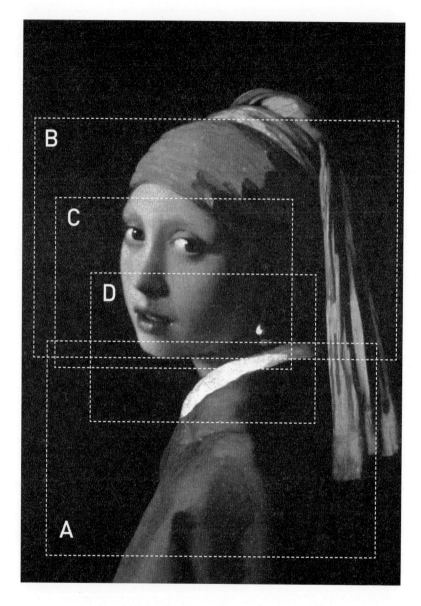

모나리자와 진주 귀걸이를 한 소녀,
여러분의 선택은 과연 둘 중 어떤 작품일까?

A. 칠흑 같은 검은 배경

〈진주 귀걸이를 한 소녀〉는 칠흑 같은 검은 배경 속에 그려져 있다. 베르메르의 그림에서는 배경이 중요한 역할을 하는데 그 이유는 배경이 해석의 실마리를 제공하는 유일한 소재이기 때문이다. 베르메르의 다른 그림들을 보면 인물이 쥐고 있는 소품이나 배경이 작품 해석에 주요한 역할을 한다. 하지만 〈진주 귀걸이를 한 소녀〉는 그림에 대한 아무런 실마리를 제공하지 않아 감상자들의 호기심을 자극한다. 검은 배경은 소녀의 모습을 한층 더 빛나게 해주어 신비로움을 더하며 시선의 집중력을 높여주는 효과가 있다.

B. 이국적인 분위기

이 소녀는 이국적인 터번을 머
리에 두르고 있다. 터번에는 노
란색과 파란색을 사용했는데
노란색과 파란색은 베르메르가 가장 애용하던 색채였다. 빛의 효과를 사
용해 그 느낌을 극대화한 진주 귀걸이는 터번과 함께 이국적인 분위기를
물씬 풍긴다. 터번과 진주 귀걸이는 이 소녀가 어디에서 온 사람인지, 또
누구인지 호기심을 불러일으키기도 한다.

C. 신비로운 매력

수백 년 동안 신비로운 매력을 뿜어낸 장본인은 바로 생기 있는 눈
동자가 아닐까? 매혹적인 젖은 눈망울은 감상자의 시선을 사로잡
기에 충분하며 특유의 신비로움이 담긴 깊은 눈동자는 감상자와
교감을 시도한다. 눈 아래의 오뚝한 코와 부드럽게 빛나는 붉은 입
술은 여성미를 극대화한다.

D. 네덜란드의 모나리자

진주 귀걸이에서 흘러나오는 신비로움이 이 매력적인 소녀에 대한
호기심을 자극하지만 불행히도 우리는 그 호기심을 충족할 수 없다.
이 작품은 그림을 처음 본 사람과 전문가의 눈을 비교해도 별다른 차
이가 없을 만큼 막연한 해석만 가능하다. 하지만 감상자가 누구든 한
가지 공통점이 있는 건 분명하다. 안개 속에 감춰진 모나리자의 모호
한 미소에 매혹된 많은 감상자들이 모나리자를 한참 바라보듯이, 네
덜란드의 모나리자라고 불리는 〈진주 귀걸이를 한 소녀〉를 한 번 본
다면 잊을 수 없는 매혹적인 모습과 마치 뭔가를 속삭일 것만 같은
눈빛과 표정에 쉽게 눈을 뗄 수 없을 것이다.

요하네스 베르메르

Johannes Vermeer 1632~1675

요하네스 베르메르는 렘브란트, 프란스 할스와 함께 네덜란드에서 가장 위대한 화가로 손꼽히지만 그의 생애에 대해서는 자세히 알려진 게 없습니다. 가장 주된 이유라면 아주 적은 수의 작품만 남겼기 때문입니다. 총 45점의 그림을 남겼을 것으로 추정되지만 지금까지 진품으로 판명된 작품은 36점뿐입니다.

베르메르는 당시에 인정받는 화가였기 때문에 높은 그림값으로 대가족을 어렵지 않게 부양했지만 1670년대 초 네덜란드에 찾아온 경기 침체로 남은 여생을 비참하게 보내야 했습니다. 그는 사후 200년 동안 잊힌 존재가 되었지만 19세기 중반 미술비평가 토레 뷔르거에게 재발견되어 비로소 위대한 예술가로 주목받기 시작했습니다. 베르메르의 작품은 지금도 특유의 신비로운 매력과 세밀하고 정확한 화면 구성으로 미술사학자들의 큰 관심은 물론 대중들의 사랑을 한 몸에 받고 있습니다.

〈연애편지〉 1666년

;

예술적 영감을 불어넣는 신성한 도시
엘 그레코 〈톨레도 풍경〉

El Greco

"크레타는 그에게 생명을 부여했고,
톨레도는 그에게 붓을 선사했다."

톨레도 풍경 View of Toledo

121×108cm, 캔버스에 유채, 메트로폴리탄 미술관, 1596~1600년

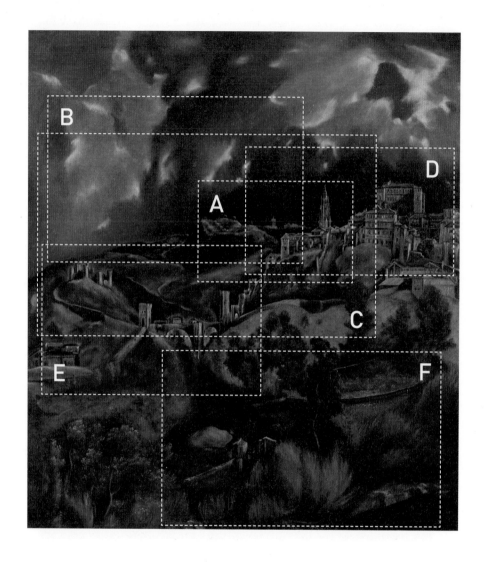

톨레도 풍경에 담긴 독특한 현대적 감각은
이미 몇 세기나 시대를 앞선 것이다.

A. 왜곡과 변형

현대 추상 미술에서나 볼 수 있는 심하게 일그러지고 뒤틀린 모습의 이 풍경화가 르네상스 시대에 탄생했다는 사실이 믿어지는가? 서양미술사에서 엘 그레코만큼 독특한 개성을 지닌 화가도 드물었다. 그가 심각한 시각 장애를 겪었거나 정신 이상자였을 수도 있다는 학설이 제기될 정도로 엘 그레코의 그림은 왜곡과 변형으로 가득 차 있다.

엘 그레코의 본명은 도메니코스 테오토코폴로스다. 스페인에서 살았지만 모국인 그리스에 대한 자부심이 강해 스페인어로 '그리스인'이라는 뜻인 '엘 그레코'라는 예명을 사용했다. 스페인의 궁정 화가가 된 그는 톨레도에 정착했고 죽을 때까지 그곳에서 그림을 그렸다. 톨레도는 1560년 펠리페 2세가 수도를 마드리드로 옮기기 전까지 스페인의 중심지였다. 유럽에서 가장 뛰어난 고딕 양식 성당 중 하나인 톨레도 대성당이 위치한 이 도시는 종교의 중심지이기도 했다.

B. 드라마틱한 하늘 풍경

어스름한 하늘은 금방이라도 번개가 칠 듯하다. 거칠게 몰려오는 폭풍우는 태양을 가리려고 애쓰지만 그 빛 전부를 가릴 수는 없다. 오히려 어두운 구름 사이를 뚫고 나오는 빛의 모습이 드라마틱한 하늘 풍경을 연출한다. 이 작품은 빈센트 반 고흐의 〈별이 빛나는 밤〉과 함께 하늘의 모습을 극적이고 절묘하게 표현한 최고의 작품으로 인정받고 있다.

C. 회색빛 도시

톨레도의 건물들이 짙은 먹구름 사이로 비치는 빛을 받으며 실루엣을 드러내고 있다. 황록색의 음산한 언덕 위에 들어선 도시의 건물들은 아름다운 색을 모두 잃고 우중충한 회색의 뼈대만 겨우 남아 있다. 회색빛 도시가 만들어내는 그 기괴한 풍경은 마치 사람 한 명 살지 않는 유령도시를 보는 듯하다.

D. 생략과 재배치

풍경화이기에 톨레도의 실제 풍경을 그대로 그렸을 거라고 생각하겠지만 사실은 그렇지 않다. 엘 그레코는 실제 풍경에서 일부 풍경을 생략하거나 중요한 건물의 위치를 재배치하여 그림에 담았다. 그래서 이 그림에 묘사된 대성당과 알카사르 궁전의 위치는 실제 풍경과 다르다.

E. 신성하고 거룩한 도시

엘 그레코가 톨레도의 풍경을 비현실적이고 범상치 않은 모습으로 표현한 이유는 톨레도가 그에게 선사한 자유로움과 관련 있을 것이다. 엘 그레코는 성서의 이야기를 전통적이고 딱딱한 모습이 아니라 실제로 있었던 일처럼 느낄 수 있도록 참신하고 감동적인 방식으로 그리고 싶어 했다. 그가 미술을 공부하던 이탈리아는 권위로 굳어 있었으며 정확하고 자연스러운 묘사만을 요구했다. 하지만 톨레도에서는 정확함과 자연스러움을 요구하는 비평가들에게 시달리지 않은 채 자신의 억눌린 갈망을 분출할 수 있었고, 톨레도에서 그린 작품들은 몇백 년 이상 앞선 현대적 감각을 풍겼다. 그래서 엘 그레코는 예술적 영감을 불어넣어준 이 도시를 현실 세계의 모습이 아니라 신성하고 거룩한 도시의 모습으로 표현했다.

F. 톨레도를 향한 경외감

엘 그레코의 작품은 당시에는 전혀 이해할 수 없을 정도로 현대적이었기 때문에 사후 오랫동안 그의 진가가 묻혀 있었다. 하지만 19세기 이후 재평가되어 폴 세잔이나 파블로 피카소 등 많은 근대 화가들에게 영감을 주었다. 색다른 관점으로 풍경을 바라본 〈톨레도 풍경〉은 엘 그레코의 독특하고 개성적인 화풍을 조금이나마 이해하게 한다. 침울한 하늘과 창백한 모습의 건물들이 으스스하기도 하지만 톨레도를 향한 그의 경외감 어린 시선 또한 느껴지는 듯하다.

엘 그레코
El Greco 1541~1614

그리스 출생의 화가 엘 그레코의 본명은 도메니코스 테오토코풀로스였지만 스페인에서 활동하면서 '그리스인'이라는 뜻의 '엘 그레코'라는 별명으로 불렸습니다. 20대 중반에 베네치아로 건너간 그는 티치아노나 틴토레토 같은 베네치아 화파 화가들에게 깊은 영향을 받았습니다. 엘 그레코는 그 후 로마를 거쳐 스페인의 중심지 톨레도에 정착했습니다. 그는 톨레도에서 후세에 명작으로 평가받는 작품 여러 점을 제작했습니다. 하지만 그가 교회나 궁정의 주문을 받아 그린 그림들은 비슷한 사례가 없을 정도로 특이하여 대부분의 주문자들은 눈살을 찌푸리며 불만을 표시했습니다.

엘 그레코의 작품 속 선명한 색채와 비정상적으로 길쭉하고 뒤틀린 인체 묘사, 추상적이고 부자연스러운 공간감은 20세기의 실험적인 작품들과 비교해도 전혀 뒤처지지 않는 근대성을 가지고 있습니다. 그의 진가는 사후 오랫동안 묻혀 있었지만 19세기 이후 실험적인 젊은 화가들을 통해 재평가되었으며, 입체파를 창시하여 현대 미술의 새로운 영역을 개척한 피카소는 엘 그레코의 작품 〈다섯 번째 봉인의 개봉〉을 보고 큰 영감을 받아 입체파의 초석이 된 〈아비뇽의 여인들〉을 제작했다고 합니다.

〈라오콘〉 1610~1614년

모딜리아니의 헌신적인 반려자

빨간 숄을 걸친 잔의 초상
130×81cm, 캔버스에 유채, 개인 소장, 1917년

당대 최고의 미남이자 정열적인 예술가 아메데오 모딜리아니. 그의 이름을 보고 가장
먼저 떠오르는 것은 긴 목에 긴 얼굴을 가진 특이한 초상화일 것이다. 이런 모딜리아니
특유의 초상화 양식은 유일하게 그의 순수한 사랑을 받은 여인 '잔 에뷔테른'을 통해 완
성되었다. 고향인 이탈리아에서 미술을 공부한 후에 파리로 간 모딜리아니는 몽마르트
를 거쳐 몽파르나스로 이사했다. 그는 몽파르나스의 한 카페에서 잔을 처음 만났다. 잔
의 우아하고 아름다운 모습에 모딜리아니는 바로 사랑에 빠졌고, 미술을 공부하던 잔도
잘생기고 정열적인 화가의 매력을 거부할 수 없었다.

잔의 초상
92×60cm, 캔버스에 유채, 개인 소장, 1918년

두 사람의 교재는 시작부터 쉽지 않았다. 모딜리아니는 본래 허약한 체질인데도 술과 마약에 중독되어 있었고 방탕한 생활을 즐겼다. 독실한 가톨릭 신자였던 잔의 부모가 격렬히 반대할 것은 불 보듯 뻔한 일이었다. 하지만 잔은 모딜리아니를 진심으로 사랑했기에 반대를 무릅쓰고 열렬히 사랑을 나누었고 1917년부터 동거를 시작한다. 샤를 알베르 샹그리아는 그녀가 조용하고 온화했으며 자상하고 아름다운 여성이었다고 기록하고 있다. 잔의 따뜻한 사랑과 이해심은 모딜리아니의 작품 활동에 가장 중요한 에너지가 되었고 그에게 끊임없이 영감을 불어넣었다.

모딜리아니는 여인의 초상화를 그릴 때 액세서리와 의상을 이용해 인물이 풍겨내는 분위기를 극대화했다. 깃털이나 레이스 장식이 없는 차분한 검정색 모자와 상의는 소박하고 수수한 차림새를 강조한다. 가느다란 손가락으로 가볍게 얼굴을 받치고 있는 잔의 우아한 손짓은 고상하고 품위 있는 여성이라는 느낌을 준다. 모딜리아니는 사색에 잠긴 채 그윽한 미소를 짓고 있는 잔을 내면의 아름다움을 지닌 사려 깊은 여인으로 표현했다.

모딜리아니는 뛰어난 재능을 지니고 있었지만 세상은 그를 외면했다. 1917년 12월에 열린 개인전은 모딜리아니에게 처음이자 마

큰 모자를 쓴 잔의 초상
54×37cm, 캔버스에 유채, 개인 소장,1918년

지막 개인전이었다. 쇼윈도에 내건 2점의 누드화가 외설적이라는 이유로 지역 경찰관들의 따가운 시선을 받아 시작부터 김이 샌 전시회는 기간마저 단축되어 실패로 돌아갔다. 인정받지 못한 무명 화가는 자연스럽게 가난의 길로 들어섰지만 모딜리아니는 아름다운 약혼녀 잔의 모습을 그림에 담아내는 것만으로도 행복했다. 두 사람은 가난했지만 서로를 의지하며 견뎌냈다.

화가의 아내
100×65cm, 캔버스에 유채, 노턴 사이먼 미술관,1918년

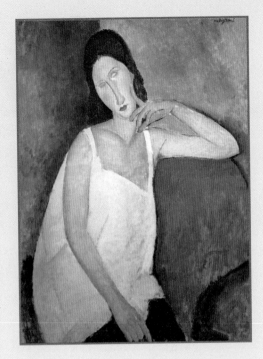

잔의 초상
91×73cm, 캔버스에 유채, 메트로폴리탄 미술관, 1918년

하지만 모딜리아니의 건강은 점점 더 악화되었고 1920년 1월 24일 끝내 죽음을 맞는다. 모딜리아니가 세상을 떠나자 잔의 부모는 그녀를 집으로 데려가지만 잔은 슬픔을 이기지 못하고 다음 날 5층 건물에서 뛰어내린다. 안타깝게도 그들의 사랑은 이렇게 비극으로 끝난다. 자신들이 반대했던 사랑의 비극적 끝을 본 잔의 가족들은 10년 가까운 세월이 흐른 뒤에야 잔을 모딜리아니 옆에 묻어주었다. 그녀의 묘비에는 이러한 글이 새겨져 있다.

'모딜리아니에게 모든 것을 바친 헌신적인 반려자.'

모딜리아니는 잔 이외에도 여러 사람의 초상화를 그렸다. 하지만 잔의 초상화와 다른 초상화를 비교해보면 잔의 초상화가 얼마나 특별하고 아름다운지 알게 된다. 모딜리아니는 잔의 초상화를 그릴 때만큼은 다른 초상화에는 담아내지 않은 특별하고 애틋한 감정을 담았다. 잔의 초상화에는 화가와 모델 사이의 교감이 극대화되어 있다. 모딜리아니는 가장 사랑하는 여인을 자신이 생각하기에 가장 아름답다고 생각하는 모습으로 그려내기 위해 노력했다. 그래서인지 그림 속에는 잔을 향한 모딜리아니의 애정이 가득하다. 긴 목과 긴 얼굴, 푸른색의 깊은 눈동자를 가진 잔의 초상화를 조용히 마주하고 있으면 그림 곳곳에 스며 있는 모딜리아니의 정성 어린 사랑의 붓질이 느껴진다.

명화와 친해지고 싶은 당신에게

"그림에 관심이 있지만 막상 미술관에 가면 도무지 이해할 수 없는 그림들이 많아서 답답할 때가 많아요. 그림은 어떻게 감상해야 하는 건가요?"

"정답이 있는 것이 아닙니다. 그림을 보면서 자신의 취향에 따라 느끼면 됩니다."

어디선가 한 번쯤 들어봤을 법한 질문과 대답이다. 물론 틀린 말은 아니다. 그림을 보면서 자신의 취향에 따라 느끼는 것은 그림을 감상하는 데 있어 매우 중요한 요소이기 때문이다. 하지만 이제 막 그림에 관심과 호기심을 갖기 시작한 사람에게는 막막하게 다가오는 대답이다.

무엇을 보고 무엇을 느껴야 하는지 도무지 감이 잡히지 않을 것이다. 고개를 슬쩍 돌려 주위 사람들을 살펴보니 누군가는 눈을 반짝이며 그림 구석구석을 살피고 있고, 누군가는 그림 속에 숨겨진 뭔가를 이해한 듯 고개를 끄덕이고 있는데, 당신은 아무것도 이해하지 못했다고 솔직하게 말하거나 질문을 하는 것도 좀처럼 쉬운 일이 아니다. 그래서 결국 아쉬움을 남긴 채 다음 그림으로 발걸음을 옮긴 경험이 있을 것이다.

이렇게 그림 감상은 누군가를 주눅 들게 하지만 작품에 대한 접근을 달리한다면 한결 가까워질 수 있다. 단지 그림을 보면서 느끼는 방식은 순수한 심미적 감각만으로 그림을 감상하는 방식이다. 하지만 이러한 심미적 감각이 작용하는 순간은 그다지 길지 않다. 감상자는 이내 지쳐버릴 것이며 제대로 그림을 감상하지 못한 것 같은 미진함을 안고 물러서게 된다. 그래서 나는 계속 보면서 느끼는 것만으로 그림을 의미 깊게 감상할 수 없다고 생각한다. 그것은 마치 룰을 전혀 모르는 채로 스포츠 경기를 관람하는 것과 같다. 그림 감상이라는 경기에도 일종의 룰이 있다. 이를테면 화가가 어떤 사람이었으며 그가 생각하는 아름다움이란 어떤 것인지 말이다. 하지만 우리가 걸어 다니는 미술 대사전이 되어야 할 필요는 없다. 축구 경기를 보기 위해 축구팀의 감독이 될 필요가 없는 것처럼.

이 책은 중세에서 현대에 이르는 장대한 미술사를 펼쳐놓은 것이 아니라 이 경기의 룰, 즉 심미적인 접근뿐만 아니라 작품과 함께 주어진 간단한 정보로 그림을 이야기처럼 감상하는 방식을 소개한다. 하지만 이러한 방식의 접근만이 옳은 감상법이라고 말하는 것은 아니다. 그림 감상법은 개인에 기호나 성향에 따라 다를 수밖에 없기에 어느 한 가지가 옳다고 할 수 없다. 그림을 감상할 때 전체적인 구도나 균형을 먼저 보는 감상자도 있고, 색채나 분위기를 먼저 인지하는 감상자도 있으며, 주제와 표현 기법 또는 역사적 사실에 주된 관심을 기울이는 감상자도 있다. 우리 모두 성격과 가치관이 다르듯이 당연히 그림을 감상하는 방법도 다르다. 그렇기 때문에 나는 특정 감상법을 강권하지 않는다. 한 작품을 마주한 개개인의 시선들은 피카소의 작품만큼 창조적이며 고흐의 작품만큼 아름답고 소중한 것이다. 결국 그림 감상법보다 중요한 것은 주관적인 인상이며 자신만의 안목을 기르는 것이다.

그림에 관심을 갖기 시작했을 무렵 여러 종류의 미술 서적들을 읽었다. 첫 페이지에 작품 전체가 인쇄되어 있고 그 뒤에 서너 페이지의 설명이 들어가는 형식이 일반적이었다. 나는 그러한 형식이 답답하고 이해하기 힘들었다. 그림을 자세히 들여다보는 것도 쉽지 않을뿐더러 설명에 해당하는 그림의 일부분을 보기 위해 앞 페이지로 돌아가야 하는 수고가 번거롭게 느껴졌다. 그래서 나는 그림을 자르기 시작했다. 한눈에 보기에도 먹음직스러운 조각 케이크처럼 말이다.

"명화에 쉽고 친근하게 다가가는 방법이 없을까?"라는 질문에 대한 답을 고민하며 글을 써내려가기 시작한 나는 마치 옆에서 누군가 조곤조곤 들려주는 듯한 글을 쓰고 싶었다. 그 바람이 어느 정도 이루어진 것 같다. 이메일과 댓글로 전해주는 응원의 메시지가 내 마음속에 쌓이고 쌓여 글을 쓰는 원동력이 되었다고 믿는다.

이 책을 읽고 난 후 명화와 친해진 것 같은 느낌이 든다면 그 느낌을 오래 간직하라. 명화는 당신에게 더 이상 머나먼 존재가 아니다. 당신의 일상 속 깊은 곳까지 스며들어 마음의 여유와 안정을 가져다줄 새로운 친구와의 만남을 축하한다. 그리고 당신의 일상이 한 점의 아름다운 명화가 되기를 바란다.

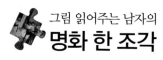

그림 읽어주는 남자의
명화 한 조각

초판 1쇄 펴낸 날 2017년 4월 30일

지 은 이	양진모
펴 낸 이	장영재
편 집	백수미, 서진
디 자 인	고은비
마 케 팅	남성진, 김대성, 이혜경
경 영 지 원	마명진
물 류 지 원	한철우, 노영희

펴 낸 곳	(주)미르북컴퍼니
자 회 사	더클래식
전 화	02)3141-4421
팩 스	02)3141-4428
등 록	2012년 3월 16일(제313-2012-81호)
주 소	서울시 마포구 성미산로32길 12, 2층 (우 03983)
E-mail	sanhonjinju@naver.com
카 페	cafe.naver.com/mirbookcompany
인스타그램	@mirbooks

(주)미르북컴퍼니는 독자 여러분의 의견에
항상 귀 기울이고 있습니다.

파본은 책을 구입하신 서점에서 교환해 드립니다.
책값은 뒤표지에 있습니다.